助手席の未亡人

雨宮慶

双葉文庫

目次

助手席の未亡人

1

イタリアンレストランの席について、江森晋也《えもりしんや》は腕時計を見た。約束の時間は午後八時だが、十五分も前だった。

こんなに早くきてしまった原因は、江森の精神状態にあった。沢口未知子《さわぐちみちこ》のことを考えているうちに落ち着いていられなくなり、気が急いてきたのだ。

願望し期待していたものの、未知子が食事の誘いをすんなり受けてくれたのには、江森自身、正直驚いた。それ以上に嬉しくて、内心快哉《かいさい》を叫んだ。誘いに応じたということは、未知子も江森に対して好印象を持ってくれているということにほかならない。

それが昨日のことで、それから舞い上がったような精神状態がつづいていた。二十九年間生きてきて、こんなことはほんの数回あったかどうかだった。

沢口未知子と初めて会ったのは、一カ月ほど前、桜が咲きはじめた頃のことで、彼女がやっているカフェに江森が入ったときだった。

未知子を見た瞬間、江森は眼を奪われた。眼ばかりか、一瞬にして心までも奪われていた。

早い話が一目惚れ《ひとめぼ》れだった。これまた、いままでにないほどのスピードの。

それ以来、江森はほとんど毎日未知子のカフェに通った。平日は仕事帰りに、そして休日は午前か午後かに。

目的はもちろん、未知子に会うためだ。

カフェはこぢんまりしていて、未知子が一人でやっている。美人ママは人気があるらしく、この種の店では少ないはずの男性客もけっこういて、店は繁盛しているようだった。

それでも通いつめているうちに未知子とふたりきりになれるときもあって親しくなり、プライベートなことも話すようになった。

といってもその内容は、未知子のほうはほぼ真実だったが、江森のそれは偽り《いつわ》だった。

江森は、初めて会う前から沢口未知子についてある程度のことは知っていた。

——歳は、三十八歳。一年あまり前に銀行員の夫を交通事故で亡くして、いまは独り。子供はいない。小さなカフェを経営していて、なかなかの美人、ということなど。

初めて会ったとき江森が心まで奪われたのは、美人の度合いが予想を上回っていたこともあるが、なにより未知子がタイプだったことのほうが大きかった。

未知子について知っていたことを、江森は内緒にしていた。それに江森ではなく、「森田《もりた》」という偽名を名乗った。さらに独身で、職業も高校教師ではなく会社員だと偽っていた。


未知子は約束の時間ほぼきっかりにレストランに入ってきた。

「ごめんなさい。お待たせしちゃった？」

「いえ、ぼくが早すぎちゃったんです」

申し訳なさそうに謝る未知子に、江森は苦笑いしていった。

ウエイターが注文を取りにきて、ふたりは相談して料理とワインを頼んだ。

この日は土曜日なので高校教師の江森は休日だったが、カフェは営業日だった。未知子は店を閉めてからいったん自宅に帰って出直してきたらしい。店では見たことのないクリーム色のニットのツーピースを着ていた。

未知子が姿を現したとき、ニット越しにプロポーションのよさだけでなく、色っぽく熟れた感じの軀《からだ》の線までが見て取れて、江森は胸騒ぎと一緒に股間がうずいた。

カフェではセミロングの髪を後ろで束ねている未知子だが、いまは下ろしている。艶のある黒髪の間の、やさしさと艶めかしさがミックスしたような顔立ちに江森がつい見とれていると、

「え？　いやだわ、そんなにジッと見て。どうかして？」

未知子が戸惑った笑いを浮かべていった。

「すみません。ヘアスタイルのせいかな、いつもとちがう、またべつのきれいなママに見とれちゃって……」

未知子のことを「ママ」と呼んでいる江森が照れ笑いしていうと、未知子が色っぽく睨《にら》んで、

「お上手ね。でも森田さんに似合わないわ」

「どういうことです？」

「だって森田さん、見た目も実際もすごく真面目で誠実な印象だし、女性にお世辞なんてあまりいわないタイプでしょ」

「アタリです、真面目で誠実ってのはべつにして。だからお世辞じゃなく、ホントのことですよ」

「驚いたわ。そんな言い方をする森田さんて、べつの人みたい……」

「ぼくも驚いてます。相手がママのせいか、なんだかいつもの自分ではないみたいで」

そこへウエイターがワゴンを押してきた。テーブルの上に料理やワインが置かれ、ふたりはまずワインで乾杯した。

「正直いうと、ぼくは昨日から舞い上がってるんです」

江森はワインを一口飲んでからいった。

「どうして？」

未知子がグラスを手にしたまま、小首を傾げて訊《き》く。

「思いきってママを食事に誘ったけど、付き合ってもらえないんじゃないかって不安のほうが強かったから」

「じゃあすんなりいったので拍子抜けしたんじゃない？　というか、チョロイもんだって思ったんじゃない？」

未知子は揶揄《やゆ》するような笑みを浮かべている。

江森はムキになっていった。

「そんな！　そんなこと、あるわけないじゃないですか。だってぼくは、ぼくはママのこと、好きなんです」

未知子はちょっと驚いたような表情を見せると、戸惑いもしたのか、うつむいた。

思わず告白した江森は恥ずかしくなって顔が火照《ほて》っていた。

「ほら、そういうところが真面目で誠実だって証拠よ」

顔を上げた未知子が笑っていった。

「まずはお料理をいただきましょう」

とグラスを置き、ナイフとフォークを手にする。江森もそれにならった。

ふたりはしばらくの間無言で料理とワインを口に運んだ。やがて料理を食べ終わってワインを飲んでいると、

「森田さん、ほかにもわたしにお話があるんじゃない？」

未知子が探るような眼つきで江森を見て訊いてきた。

「え？　……どうしてですか」

江森は戸惑いながら訊き返した。

いる。

「なんとなくそう思ったんだけど、ちがったかしら」

ワインのせいかどうか、未知子はこれまでにない艶めいた眼差しで江森を見て

江森はドギマギしながら、ほろ酔い気分にも押されて今日打ち明けようと思っていたことを口にした。

「じつはぼく、ママに謝らなければならないんです」

「謝るって、なにを？」

「すみません。騙《だま》そうなんてつもりはまったくなかったんですけど、ママに嘘をついていました。ホントは、ぼくの本名は『江森』なんです。仕事も会社員じゃなくて高校の教師で、それに沢口秀夫《ひでお》と一緒に交通事故で亡くなった江森里香《りか》の夫なんです」

江森は一気呵成《いっきかせい》に打ち明けた。沢口秀夫は、未知子の夫だった。

当然ビックリするだろう。そして憤慨《ふんがい》してなぜこんなことをしたのか問い詰められるだろう。

未知子の反応をそう予想していた江森だが、意外だった。なぜか未知子は表情ひとつ変えず、うつむいて黙っているのだ。

未知子がゆっくり顔を上げた。

「最初からわかってたわ」

ほとんど無表情のまま、穏やかな口調でいった。

江森は驚きを通り越して唖然とした。

「どうしてですか。それになんで黙ってたんですか」

「あなたは気づかなかったんでしょうけど、わたし警察で一度、あなたを見かけたことがあったの。わかってて黙ってたのは、あなたがなぜわたしの前に現れたのか、それが知りたかったから。どうしてなの?」

当然訊かれるものと思っていた。江森は答えた。

「あの事故を調査していた警察に、たまたまぼくの友達がいたんです。当初はママもそうじゃないかと思うんですけど、ぼく自身がなにか事故にかかわっているんじゃないかと疑われて、だからその友達とは会うことはもちろん話を聞くこともできませんでした。ところが二カ月ほど前、友達から連絡があって、捜査は事故ということで終了したというので、いろいろ話を聞いたんです。そのときママの話も出て、きれいなヒトだって聞いて、不謹慎なのはわかっていましたけど見てみたいと思って……で、カフェにいってみたら、ホントにきれいなヒトだったんで、こんなことをいったらまた怒られちゃいそうですけど、ぼくのタイプのヒトだったんで、すみません、それで一目惚れしちゃって――」

「でもなぜ嘘をついたの？」

黙って聞いていた未知子が口を挟んだ。

「ホントのことをいったら、ママにいやがられると思ったからです」

「で、嘘をついてモノにしちゃおうって思ったわけ？」

「そんなァ、とんでもないですよ」

江森は思わず声を高めた。あわてて声を抑えてつづけた。

「第一、ぼくがママをモノにできるなんてことありえないし、そんなことぼく自身わかってました」

「だったら、わたしのこと好きだっていったの、あれも嘘？」

未知子が江森を真っ直ぐ見て訊く。

「嘘じゃないです、それだけはホントです！」

江森は気負って答えた。

「じゃあわたしも、ホントのことをいうわ」

未知子が意を決したようにいった。江森は身構える気持ちになった。

「あなたのこと、誰かわかってて見たり話したりしてるうち、同じようにひどいめにあった被害者なんだという気持ちがあったからかしら、わたし、あなたとなら心が通じ合えるんじゃないか、そんなことを思うようになっていたの。もちろん、あなたがホントのことを打ち明けてくれたらってことだけど……」

「ぼく自身、そのうちホントのことを話さなきゃいけないと思ってました。それに同じ被害者っていうママの気持ち、ぼくもよくわかります」

江森は力を込めていった。ワインのせいだけとは思えない艶めかしい眼つきで未知子に見つめられて、内心ドギマギしながら。

2

思いがけない成り行きに、江森は興奮していた。イタリアンレストランを出たあと、未知子に自宅マンションに連れてこられて、部屋に通されたのだ。

そこは、統一感のあるインテリアでセンスよくまとめられたリビングルームだった。

ソファに座っていた江森は戸惑った。ハイボールを二つ作ってもどってきた未知子が、江森の横に腰かけたからだ。もっともソファは大型テレビに向かって置いてあり、その前にはローテーブルがあるだけなので、並んで座るしかないのだが。

未知子にうながされて江森はグラスを合わせた。

「あの事故のこと、江森さんもショックだったでしょ。なにしろふつうの事故じゃなかったから……」

ハイボールを一口飲んだあと、未知子が手にしているグラスを見つめたままいった。

「ええ……」

江森はうなずいた。そう答えるほかなかった。

——未知子の夫の沢口秀夫が車を運転中に起こした事故は、車がガードレールを突き破って崖下に転落し、沢口秀夫と同乗者の江森里香が死亡するという痛ましいものだった。

ふたりは同じメガバンクに勤める上司と部下で、この事故によって不倫の関係が明らかになった。というのも、事故車の中から発見されたふたりの遺体の状態がそれを物語っていたからだ。

走行中、ふたりは性的な戯《たわむ》れにふけっていたらしく、沢口秀夫は局部を、江森里香は下着を膝まで下ろして下半身を、それぞれ露出していたのだった。

そのため、警察の見立ては、運転操作の誤りによる事故というものだった。ただ、沢口秀夫、江森里香ともに既婚者で、ダブル不倫の関係であること、それにふたりの死亡保険金のことなど、事件性が疑われる要件もあって、警察は沢口未知子と江森晋也に事情聴取を行った。

「警察で聞いたんだけど、江森さんのところ結婚二年目だったそうね」

未知子がいった。

「ええ……」

「うちは十年だけど、結婚二年で奥さんに裏切られた江森さんのショック、どれほどのものかお察しするわ。奥さんだけじゃなく、うちの夫にも怒りや恨みを抑えきれなかったでしょ」

「ええ、それはまァ……ただ、時間が経つにつれてぼく自身、情けなくなってきました」

「どうして？」

「妻の不倫にまったく気づかなかったこともだけど、なにかその原因がぼくにもあったんじゃないかとか考えたりして……」

「江森さんて、やさしいのね」

江森はドキッとした。未知子が言葉どおりやさしい口調でいって、江森の太腿に手を当てたからだ。

「ママはどうだったんですか。夫の浮気のこと……」

江森はドギマギしながら訊いた。

「ママはもうやめて。ここはお店じゃないし、江森さんはもう、ただのお客さんじゃないんだから未知子でいいわ。そうでしょ？」

未知子が江森の太腿に置いている自分の手を見つめたまま、甘い口調でいいながら、その手を徐々に股間のほうに這わせてくる。

「え、ええ……」

ますますドギマギしながら応えた江森は声がうわずった。

「夫の浮気のこと、警察でも訊かれたけど、知らなかったって答えたわ。かりに知ってたとしてもそう答えてたでしょうね。だって知ってたなんていったら、変に疑われるに決まってるでしょ」

江森はあわてた。未知子がそういいながら自分の手の動きを見つめたまま、江森のズボン越しに股間を撫でるのだ。

「そ、そうですね。警察は当初、ママ、あ、いや、未知子さんとぼくが共犯で、なにか事故を誘発するようなことをしたんじゃないかなんてことも疑ってたみたいですから」

「……みたいね。まったくひどい話だわ、不倫されたうえに殺人の疑惑までかけられちゃうなんて」

未知子は憤慨していうと、あら、というような表情で、自分が手で撫でている江森のズボンの前を見た。そこは、もっこり盛り上がってきている。

「あ、すみません」

江森はあわてて謝った。未知子が江森を真っ直ぐに見た。

「ううん、謝らなくていいわよ。江森さん、若いんですもの」

未知子が江森から視線をそらさずにいう。得体のしれない情熱が燃え盛っているようなその眼に、江森は気圧《けお》された。

未知子は眼をつむった。顔を江森のほうにゆっくり近づけてくる。江森は胸が激しく高鳴った。目の前に迫っている、光沢を帯びたピンク色のルージュを引いた未知子の唇に吸い寄せられるように、唇を合わせた。

唇が触れ合ったとたん、激情の堰《せき》が切れたかのように未知子が抱きついて舌を入れてきた。江森の舌にねっとりとからめてくる。挑発されるような格好で、江森も舌をからめ返した。

「ウフ……ウン……ウフン……」

未知子がせつなげな鼻声を洩らす。手は江森のズボン越しに強張りを撫でまわしている。

江森は圧倒されながら思った。まるで飢えているみたいだ。同じ被害者意識がめばえてなんていってたけど、欲求不満を解消したい気持ちもあったんじゃないか。実際、一年あまり前に夫を亡くしてからセックスしてないとしたら、三十八歳の熟れた軀だから無理もないけれど。

それはそのまま江森にもいえることだった。妻を亡くして以来セックスは皆無で、性欲はもっぱら自慰《じい》で処理していたため、不満は飽和状態に達していた。

ここまで圧倒されつづけてきた江森だが、もう欲情を抑えることはできなかった。ニット越しに未知子のバストを揉みたてた。

「ウウ～ン」

艶めかしい鼻声を洩らして未知子が唇を離した。欲情の色が浮き立った凄艶《せいえん》な表情で江森を見つめたまま、

「夫とあなたの奥さん、車の中ですごくいやらしいことをしてたでしょ。ね、同じことをしてみない？」

「え？　ええ……」

そうすることで夫と江森の妻に復讐しようとしているかのような妖しい光を未知子の眼に、江森はまたしても気圧されながら答えた。そして思った。未知子が俺を誘ったのは、こういう復讐をするためでもあったのではないか、と。

未知子の手が、江森のズボンのベルトを緩めた。さらにジッパーを下ろしていく。

江森がされるままになっていると、いささか強引にボクサーパンツを引き下げた。同時にブルンと生々しく弾んで怒張が露出し、「アアッ」と未知子が昂《たか》ぶった声を洩らした。

未知子は興奮のために強張ったような表情で怒張を凝視したまま、立ち上がった。ツーピースのスカートを引き上げていく。

目の前に未知子の下半身があらわになって、江森は眼を見張った。

肌色のパンストの下に濃いブルーの総レースらしいショーツが透けている下半身は、ほどよく肉がついているがすらりとしていて、すこぶる官能的でゾクゾクする。

スカートを腰の上まで引き上げたまま、未知子はパンストとショーツを膝のあたりまでずり下げた。そしてまた江森の横に座った。

そのとき江森はふと、自分が車の運転席に、未知子が助手席に座っているような錯覚をおぼえた。が、ゾクッとして小さく喘いだ。未知子の舌が亀頭にねっとりとからんできている。

江森は上体を後方に引いて股間を見やった。未知子は眼をつむり、興奮に酔っているような表情を浮かべて、今やペニス全体を舐めまわしている。さらに怒張を咥え込むと、顔を振って温かい口腔でしごきはじめた。

ゾクゾクする快感をこらえながら、江森は想った。

——里香は運転中の未知子の夫のペニスを、こうやってしゃぶっていたんだ。

あらためて怒りと嫉妬《しっと》が込み上げてきて、いたたまれない気持ちになった。ただ、いま江森のペニスをしゃぶっているのは、沢口の妻の未知子だ。そう思うと倒錯的な気持ちになると同時に異様な興奮に襲われて、未知子のフェラチオでかきたてられる快感がよけいに我慢できなくなった。

未知子も江森と同じようなことを想って興奮を煽《あお》られているのか、ペニスを咥えてしごきながら、たまらなそうな鼻声を洩らしている。

それればかりか興奮は下半身にまでおよんでいるらしい。腰をうごめかせたり両脚をすり合わせたりしている。

江森は手を未知子の太腿に這わせた。すると未知子のほうから江森の手を誘うように膝を開いた。それにつれて下着が伸びた。

あの事故の前、おそらく里香もそうやって沢口が触りやすいようにしたのだろう。そう想うと江森はカッと頭が熱くなった。嫉妬のためだけではなかった。自分が同じことを沢口の妻にしているという屈折した興奮もまじっていた。

滑らかな内腿を、奥に向かって手を這わせていくと、柔らかい毛に触れた。かなり濃い感触のそれをかき上げると、濡れた粘膜が感じられた。

未知子の秘部は、すでに驚くほど濡れていた。江森は興奮を煽られながらその柔襞《やわひだ》の間に指を入れ、上下にこすった。

「アンッ……アアンッ……」

怒張から口を離した未知子が感じた声を洩らす。その声を聞いて怒張がヒクついた。

女蜜にまみれてヌルヌルしているクレバスをこすっている江森の指に、膨れあがった肉芽の感触があった。それを指先でこねると、とたんに未知子が過敏な反応を見せた。感じすぎて怯《おび》えたような喘ぎ声を洩らして腰をくねらせる。

「アアいいッ、そこ、いいッ」

感じ入ったようにいうとまた怒張を咥え、顔を振ってしごく。

さらに江森が覆い被さるようにして指で肉芽を攻めていると、泣くような鼻声を洩らしながら腰を律動させる。いまにもイキそうな感じだ。江森がそう思った直後、未知子が怒張から口を離した。

「ダメッ、イクッ、イッちゃう！」

切迫した口調でいうなり軀を硬直させ、腰を振りたてながら「イクイクイクッ」と息せききって泣き声で訴える。

3

未知子がクリトリスでイッたのを見て、江森は蜜壺に指を挿し入れた。ヌルーッと指が滑り込むと同時に未知子が呻いてのけぞり、

「アアッ、だめッ——！」

震え声を放って軀をわななかせた。

達したらしい。そう思った江森は、つぎの瞬間「オオッ」と驚きの声をあげた。挿し入れたままの指を、蜜壺がジワ～ッと締めつけてきて、そのままエロティックにうごめいて咥え込んでいくのだ。

「すごいッ。未知子さんのここ、まるでイキモノみたいに締めつけて咥え込んでますよ」

江森が興奮していうと、未知子はゆっくり軀を起こした。自分の股間に伸びている江森の腕につかまると、妖艶な表情で彼を見つめ、腰を微妙にうねらせながら、

「いやらしいでしょ」

微苦笑《びくしょう》して訊く。

「そんなことないですよ。これって、名器じゃないですか。すごく気持ちいいですよ」

「わたしも、気持ちいいわ。ああん、久しぶりだからたまんない……」

悩ましい表情を浮かべて、言葉どおりさもたまらなそうに腰をうねらせながら、うわずった声でいって江森の怒張を手にする。そしてかるくしごきながら、

「江森さんは？」

「ぼくもたまらないです」

「あなたも、ずっとしてないの？」

「ええ」

「したい？」

未知子が怒張をしごきながら、江森を見つめて訊く。そう訊く未知子自身、発情したような表情になっている。

江森は強くうなずき返した。

「わたしもしたいわ。江森さんも脱いで」

いうと未知子は立ち上がった。ニットのツーピースの上のボタンを外していく。すぐに江森も立ち上がってスーツを脱ぎはじめた。

ふたりとも着ているものをせわしなく脱ぎ捨てていって、全裸になった。

江森は未知子の裸身に眼を奪われた。これまで女の経験は妻を含めても三人しかなく、その三人がみんな自分と同い年か年下だったため、江森にとって未知子のような熟女は初めてだった。

三十八歳のその裸身は、つくべきところに過不足なく肉がつき、締まるところは締まって均整が取れている。しかも見るからに熟れた感じがあって、全身から若い女にはない色気がにじみ出ている。

とりわけそれが感じられるのは、官能的な腰の線で、その腰をよけいに煽情的に見せているのが、未知子が隠そうとせず露呈している白い肌を欺《あざむ》くような黒々とした陰毛だ。

「あら、江森さんの、ヒクヒクしてる……」

未知子が江森の下腹部を見て弾んだ声でいった。彼女の裸身を見て甘いうずきに襲われた怒張が脈動しているのだ。

「未知子さん、すごく色っぽいから……」

「うれしいわ」

苦笑いしている江森に、未知子が艶めかしい笑みを浮かべてすぐ前にきて、両腕を江森の首に回す。どちらからともなく唇を合わせ、すぐに熱っぽく舌をからめる。

ボリュームも形も申し分ない乳房を胸に感じて、彼女の下腹部に当たっている怒張がヒクつき、未知子がせつなげな鼻声を洩らして腰をもじつかせる。たまらなそうに唇を離して喘ぎ、怒張をまさぐってきた。

「わたし思ったたんだけど、夫とあなたの奥さん、前戯みたいなことじゃなくて、もっと信じられないようなことをしてたんじゃないかしら」

手で思わせぶりに強張りをくすぐりながらいう。

「信じられないようなことって、まさか……」

江森は唖然とした。そこまでは考えてもみなかった。そして、とっさに思った。いくらなんでも走行中の車の中で沢口と妻がそんな行為をしていたとは思えない。未知子がそうしたくていっているのではないか。

「そのまさかよ。江森さん座って」

未知子にいわれるまま、江森はソファに座った。沢口と妻がこんな行為をしていたかどうかは、どうでもよかった。未知子との刺戟的《しげきてき》な行為に、江森は興奮した。

まさかを再現する気らしい未知子が、江森と向き合って膝をまたいだ。腰を落としぎみにして肉棒を手にすると、濃いめの陰毛から覗き見えている肉びらの間に亀頭をこすりつける。

江森がくすぐられるような快感をこらえていると、ヌルッと亀頭が蜜壺に収まった。

未知子が両手で江森の肩につかまり、息を止めたような表情でゆっくり腰を落としていく。ヌルーッと蜜壺の中に怒張が滑り込む。江森が身ぶるいしそうになる快感に襲われているうちに未知子が腰を落としきって、感じ入った喘ぎ声を発してのけぞった。

「アアッ、奥まで入ってるッ……アアンいいッ……」

じっとして、その快感を味わっているかのような表情でいう。

「オッ、すごいッ。また締めつけてるッ」

蜜壺にペニスが吸引されるような感覚に、江森は声がうわずった。

未知子が腰をくねらせてから前後に振る。

「アアいいッ、グリグリ当たってるッ、気持ちいいッ」

亀頭と子宮口の突起がこすれ合っているのだ。悩ましい表情で快感を訴える未知子同様、江森も甘美なうずきに襲われる。

江森は目の前の〝美乳〟にしゃぶりついた。乳首を吸いたて舌でこねまわし、一方のふくらみを手で揉みしだく。

未知子が一段と昂ぶった喘ぎ声を洩らして江森の頭を抱え込み、クイクイ腰を律動させる。

「アアッ、アアいいッ、アアだめッ、だめッ、我慢できないッ、もうイッちゃいそう……」

欲求不満がイキやすくしているのかもしれない。そうだとしたら江森も同じだった。膨れあがった快感が早くも我慢の限界に近づいていた。

「ぼくも、もう我慢できませんッ、イッちゃいそうですッ」

江森が告げると、

「イッて、わたしもイクから、一緒にイッてッ」

未知子が息せききって求める。

江森は腰を上下に律動させた。

「アアだめッ、それだめッ、イクッ、イクイクッ、イッちゃう！」

軀と声を弾ませて絶頂を訴え、未知子が江森にしがみついてきた。そのまま、よがり泣きながら激しく腰を振りたてる。

未知子の責めたてるような腰の動きとともに蜜壺でペニスをしごきたてられて、江森はこらえられなくなった。

身ぶるいする快感に襲われて「イクッ」と呻くなり、溜まっているスペルマを発射した。ビュッ、ビュッと勢いよくたてつづけに――。

4

ふたりは一緒に浴室に入っていた。シャワーを浴び、ボディソープを泡立てて躯を洗っているうちに抱き合い、愛撫し合っていると、江森の分身は早くもいきり勃《た》ってきた。

「ああ、すごい……江森さん、奥さんとのセックスはどうだったの？　結婚二年っていえば、まだ少しは新鮮さもあって、それにこんなに元気ですもの、お盛んだったんじゃないの」

未知子が腰をくねらせながら、うわずった声で訊く。

江森が後ろから両手で乳房を揉んでいて、怒張がむっちりとした尻に突き当たっているのだ。未知子の腰の動きはどう見てもその感触を味わっている感じだ。

江森は苦笑いしていった。

「ぼくとしてはそうしたかったんですけど、妻からいろいろ言い訳されて、よく拒まれていたんです。それでも浮気してるなんて疑ってもみなかったんですから抜けてるっていうか、おめでたいですよ。で、事故のあといろいろ考えてみて、思ったんです。妻はぼくと結婚する前から未知子さんの夫と関係があったんじゃないかって」

「セックスを拒まれたこと以外に、なにか思い当たることでもあるの」

「妻は最初、ぼくとの交際にそれほど積極的じゃなかったんです。ぼくのほうが熱くなってて。でもあるとき、なぜか態度が変わったんです。急に積極的になって。ぼくとしてはそのときはうれしいだけで、その理由なんて考えもしなかったけど、あとから思えばそのとき未知子さんの夫との関係がこじれたかなにかあって、その反動で豹変《ひょうへん》したんじゃないか。でもぼくと結婚したあと、ふたりの関係はまた復活したんじゃないか。結婚二年もしないうちに浮気をするなんて、そうとしか考えられない。未知子さんはどう思います？」

「もしそうだとしたら、ふたりの罪はもっと重いと思うわ。二度もわたしたちを裏切ったことになるんですもの」

未知子がふるえをおびた声で答えた。怒りのためというよりもクリトリスを弄《いじ》っている江森の指のせいだろう。

さっきから江森は片方の手で乳首が勃っている乳房を揉みながら、一方の手の指でこれまた勃起しているクリトリスを嬲《なぶ》っていて、未知子のほうは手を後ろに回して江森の怒張をとらえ、かるくしごきながら身をくねらせている。

「ですよね。でも未知子さんのほうはどうだったんですか。セックスはふつうにあったんですか」

江森は気になっていたことを訊いた。

「ふつうかどうか……そうね、少ないほうだったかも。月に一回くらいだから」

「そんなもんですか。だって未知子さん、すごい名器なのに、夫はもっと求めなかったんですか。それに未知子さん、それで平気だったんですか」

「正直いって、わたしだって淋しいときはあったわ。でも結婚十年なんて、こんなものじゃないかって諦めの境地だったわ」

投げやりな口調でいうと、未知子はギュッと怒張を握った。

江森は未知子に対抗して指を蜜壺に挿し入れた。「アアッ」と、未知子が昂ぶった声を洩らして軀をわななかせた。

「ね、ここよりベッドにいきましょ」

ふるえ声でいうと、蜜壺がジワッと江森の指を締めつけてきた。

白いバスローブを脱いで全裸になると、未知子はベッドの上で仰向けになった。江森も腰のバスタオルを取り払ってベッドに上がった。

その前に寝室に入ってダブルベッドを見たとき、江森は夫婦が寝ていたベッドだと思い、戸惑って訊くと、未知子はいった。——夫の事故のあと、それまで住んでいた家で暮らす気になれず、そこを売りに出してこのマンションに移ってきた。ダブルベッドは、自分の寝相がわるいのとゆったりしたスペースで眠りたいためのものだと。

いやでも欲情をかきたてられる熟れた女体に覆い被さっていくと、江森は未知子と唇を合わせた。

舌をからめていく江森に、未知子もからめ返してきて、せつなげな鼻声を洩らす。濃厚なキスのせいだけでなく、下腹部に当たっている江森の強張りにも興奮を煽られているようだ。微妙に裸身をくねらせている。

江森は唇を乳房に移した。薄い赤褐色の乳暈《にゅううん》がふっくらと盛り上がって、浴室で戯れているうちに勃っていた、三十八歳とは思えないみずみずしい乳首が、ツンと突き出している。それを舌で舐めまわし、一方のふくらみを手で揉むと、未知子はのけぞって艶めかしい喘ぎ声を洩らす。

そのまま江森が乳首を舐めまわしたり吸いたてたりしながら、反対の乳首を指先でくすぐったりつまんでこねたりしていると、未知子が過敏な反応を見せた。

昂ぶった喘ぎを洩らして軀をヒクつかせるのだ。

「アアもっと、もっと強くしてッ」

未知子に求められるまま、江森はやや強めに乳首を噛み、一方を指でつねりあげた。すると未知子は苦悶の表情を浮かべてのけぞり、「イクッ」といって軀をわななかせた。

「すごいな。感じやすいんですね」

江森が驚いていると、未知子は凄艶な表情で息を弾ませながら、

「もともと、乳首が弱いの」

ぎこちない笑みを浮かべていう。

「こんなに感じやすくて、しかも名器で、おまけに美人の奥さんがいるっていうのに、未知子さんの夫はどうして妻と浮気なんてしてたんですかね」

江森が思わずつぶやくようにいうと、

「男だからよ。だってそういうもんでしょ、男って」

未知子がひどく醒《さ》めた口調でいった。表情も醒めた感じで。だがすぐにふっと笑って、江森を色っぽい眼つきで見ると、

「でも江森さんみたいな例外もあるようだけど……」

そういいながら江森の下腹部に手を這わせて怒張をつかむ。そして起き上がると、未知子のほうから江森の上になってシックスナインの体勢を取った。

江森の顔の上に、未知子の秘苑《ひえん》があからさまになった。初めてまともに眼にしたその眺めに、江森は欲情を煽られた。未知子の顔立ちとは対照的にすこぶる淫《いん》猥《わい》だったからだ。

こんもりと盛り上がった恥丘《ちきゅう》を覆っている、黒々として濃密な陰毛。その下にまで陰毛はつづいていて、そこはまばらだが性器を取り巻くように生えている。そして赤褐色の縮れた唇のような肉びらがわずかに開き、濡れ光ったピンク色の粘膜を覗き見せている。

その眺めに眼を奪われたのも束の間、ペニスにからんできた未知子の舌に江森はけしかけられた。

両手で肉びらを分け、クリトリスをあらわにすると口をつけて舌でこねた。ペニスを舐めまわしている未知子が、たまらなそうに腰をうごめかせて泣くような鼻声を洩らす。

すでに膨れあがっている肉芽を、江森が舌でこねたり弾いたりしていると、未知子が怒張を咥えてしごきはじめた。

クンニリングスとフェラチオのせめぎ合いになった。おたがいに一度欲望を解き放っているため、我慢が利くぶん濃厚な舌技と口技がつづく。

だが江森がクンニリングスに加えて蜜壺に指を挿し入れて攻めたてると、形勢がはっきりした。未知子はフェラチオをつづけていられなくなり、江森の脚にしがみつくと絶頂を訴えて軀をわななかせた。

ぐったりとして興奮しきった表情で息を弾ませている未知子を、江森は仰向けに寝かせた。

白い太腿が欲情をそそる未知子の脚を開き、腰を入れると、いきり勃っているペニスを手に、亀頭で肉びらの間をこすり上げた。

「アアッ……いいッ……あ、待って」

悩ましい表情でのけぞった未知子があわてていった。押し入ろうとした寸前にそういわれて江森は戸惑った。

「少し焦《じ》らして。そのほうがいいの」

「夫からそうされていたんですか」

江森はふと嫉妬をおぼえて訊いた。

未知子は顔をそむけて小さくうなずいた。当惑と恥ずかしさがまじり合ったような表情をしている。

江森は亀頭でクレバスをこすった。膨れあがっているクリトリスと挿入をほしがってうずいているはずの膣口をこねた。

未知子が熟れた裸身をうねらせる。必死に欲求を我慢しているらしく、苦しげな表情でたまらなそうな喘ぎ声を洩らす。だがそのようすが切迫してきた。

「ウウ～ン、だめェ～、きてッ、もう入れてッ」

まさに発情したような表情になって、未知子が両手を差し出して求める。

江森は押し入った。嫉妬の入り混じった興奮をぶつけるように、一気に奥まで突き入った。

同時に未知子がのけぞって、「イクッ」と呻くような声を発した。

江森は律動した。肉棒の抜き挿しに合わせて未知子が感じ入った声を洩らす。

「焦らされたの、よかったですか」

江森が腰を遣いながら訊くと、未知子はうなずき、ぎこちなく笑って、

「本当は、自分からあんなこといったの、初めてなの」

「え⁈　そうなんですか。でも夫から焦らされてたんでしょ？」

江森が驚いていうと、未知子はかぶりを振った。

「夫のセックスは、結婚してしばらくしてからはひとりよがりで、みえみえの手抜きだったの。そのせいかもしれないわ。わたしが焦らされたいって思うようになったのは。でも夫にはいえなかった……なのにいえたのは、相手が江森さんだからかも……同じ被害者だから」

「あ、それはぼくもあるかも……。未知子さんとのセックス、いままで経験したセックスとはちょっとちがうみたいな気がして、なんでだろうって思ってたんです」

微苦笑を浮かべていう未知子に誘われて、江森はいった。

「それにさっき、一緒にシャワーを浴びているとき思ったんです。未知子さんもぼくも、夫と妻から浮気されたうえにひどい迷惑をかけられたけど、それがなかったら、これもなかったなあって。それもあのふたりが運転中にハレンチなことをしていなかったら、ぼくと未知子さんのこの関係もなかったんじゃないかって。あれで事故の原因がはっきりしたし、これも警察の友達から聞いたんですけど、警察は当初、ほかの原因も疑っていたみたいなんです」

江森が緩やかに怒張を抽送《ちゆうそう》して名器を味わいながらそこまで話したとき、悩ましげな表情できれぎれに感じた喘ぎ声を洩らしていた未知子が妙な反応を見せた。顔色が変わったように、江森には見えたのだ。

「というと……？」

どこか動揺しているようにも見える顔をそむけて、未知子が探るような口調で訊く。

江森は腰をせり上げるようにしながらいった。

「車のブレーキオイルが、おかしな感じで洩れてなくなっていたらしいんです。それで警察は、誰かが細工をしたんじゃないかって疑ったみたいで。だけど結局、衝突の際に起きた損傷のためだろうってことになったようです。それを聞いたときぼくは、皮肉をこめてあのふたりに感謝しましたよ」

「感謝？　どうして？」

未知子がうわずった声で訊く。肉棒が蜜壺をこすり上げているのに感じているらしく、また悩ましげな表情を浮かべている。

「だって、もし彼らがいちゃついていなかったら、運転ミスの見立ては弱くなった。そしたらぼくらはもっと厳しい取調べを受けて、最悪、二重にひどいめにあわされてたかもしれない。そうでしょ？」

江森が笑いかけていうと、未知子は真剣な表情でうなずき、起き上がって江森

に抱きついてきた。しかも強く抱きつくなり、激しく腰を遣いながら、

「もう事故のことは、いやなことは、話すのやめましょ」

息を弾ませていう。

「そうですね。思いきり楽しみましょう」

そういうと江森も未知子の動きに合わせて律動した。

「アアッ、奥いいッ、たまンないッ」

対面座位の深い結合状態での突き引きがいいらしく、未知子が眉間を寄せて快感を訴える。

さらに未知子のほうから大胆な体勢を取った。上体を後方に倒すと、そのまま腰を上下に律動させる。

結合部分があからさまになっている。淫猥な眺めを呈している秘苑の、肉びらの間に突き入った肉棒がピストン運動して、女蜜にまみれて濡れ光っているその胴体が見え隠れしている。

「アアすごいッ、いやらしいッ」

股間を見て腰をうねらせながら、未知子が昂ぶった声でいう。表情もこれ以上ないほど昂ぶっている感じだ。

そんな未知子に、江森は圧倒されていた。ここにきての彼女の行為や興奮に、これまでとどこかちがう異様な感じも受けていた。

なぜそう感じるのかわからないまま、態勢を立て直すべく、江森は未知子に後背位での行為を求めた。

未知子はすすんで四つん這いになった。そればかりか、ぐっとヒップを突き上げて、むっちりとした尻朶《しりたぶ》を割り開いた。

官能的に熟れた裸身が、秘苑をあらわに後ろから犯してくださいといわんばかりの動物的な体勢を取ったその姿を前にしたそのとき、江森は内心動揺した。未知子から受けた異様な感じの原因がどこにあったかわかったからだ。

さきほど江森が事故の話をした中で、ほかの原因——ブレーキオイルの洩れのことをいったとき、未知子は妙な反応を見せた。それから彼女のようすが変わった……。

まさか、彼女がそんなことをするはずが……といっても一体彼女のなにがわかってるというんだ⁈　それに彼女と夫がどんな夫婦だったかもわからないじゃないか。

そう思った江森の眼に、未知子の秘苑がますます淫猥で、しかも禍々《まがまが》しいものに見えてきた。

そのとき、未知子が裸身をくねらせた。

「うう～ん、きてェ～」

甘ったるい声で求める。エロティックな牝《めす》を想わせる裸身の悶えに、頭に浮かんでいた疑惑は一瞬にして消え去り、江森は怒張を手にして名器の秘口にあてがうと一気に貫いた。

「アーッ……いいッ！」

江森の官能をしびれさせる感じ入った声を放って、未知子がのけぞった。

劣情の夏

1

ブラインドを上げようと思い、野間淳平《のまじゅんぺい》は松葉杖をついて窓辺にいった。午後になって陽差しの向きが変わっていた。

ラダーコードに手をかけてふと、淳平はブラインドの隙間から外を見た。この家の主の水島亜沙子《みずしまあさこ》の姿があった。

亜沙子は、芝生の庭の真ん中に植わっている大きなフェニックスの下で、デッキチェアに横たわって本を読んでいた。

彼女がいる場所はフェニックスの葉で日陰になっているが、その周囲は真夏の強い陽差しが照りつけている。

午後になって海からの風が出てきているらしい。フェニックスの葉がゆるやかに揺れていた。

クーラーよりも自然の風のほうがよくて、庭に出てるのかも……。

亜沙子を見ながら、淳平は思った。

彼女は黒いサングラスをかけて、鮮《あざ》やかなレモンイエローのワンピースを着ていた。

ワンピースはタイトなタイプだ。ノースリーブで、丈はわずかに膝上。白い腕が露出して、裾からはナマ脚らしいきれいな線が伸びている。

そんな亜沙子の姿態を、淳平は舐めるように見ていた。淳平のいる部屋からは亜沙子を横から見る格好だった。

ワンピースの胸の、豊かな乳房を想像させる盛り上がり。そして、色っぽい肉づきを感じさせる腰や太腿……。

それよりも淳平にとって亜沙子の軀のなかで『メッチャ、エロい』と思っているところがあった。

それは、尻だ。そのむっちりとした、それでいて形のいいまるみといったら、見ているだけでペニスが勝手にうずいて強張り、ヒクついてしまうほどだった。いまその尻は見えないが、胸や腰を見ながらそれを想像しただけで、二十歳《はたち》になったばかりの若い肉棒は早くも充血して強張ってきていた。

ただ、こんなにじっくり亜沙子を盗み見るのは初めてだった。もっとも初めて会ってから今日でまだ三日目だ。それなのに淳平は亜沙子にすっかり魅《み》せられていた。それも恋愛感情などスッ飛ばして、ただ性欲の対象として。

　そもそもふたりの間に恋愛感情が生まれる余地など、ほとんどないに等しかった。亜沙子は淳平より十八歳も年上の三十八歳で、そして淳平の親友の菅野智彦《すがのともひこ》の叔母で、彼の話では、亜沙子は独身だがかなり年上の、それも父親といってもいいほど歳の離れた愛人がいる、ということだった。

　そんな亜沙子に魅せられたのは、淳平のなかに〝熟女好き〟という、ある種マニアックな性的嗜好のようなものがあるせいだった。

　といっても淳平自身、これまで熟女と関係を持った経験はなかった。インターネットのアダルト動画を見ているうちに、気がついてみたら熟女が好きになっていたのだ。それも熟女の、文字どおり熟れた軀と濃厚なセックスが、ほとんどやみつき状態に。

　淳平が好きな熟女の軀は、プロポーションがいいに越したことはないけれど、スリムよりは適度に肉がついている軀だ。例えば、多少贅肉《ぜいにく》がついていて、二段腹になっていても、そのほうが生々しくて、エロくて、興奮する。

　そんな感じ方をする自分に、淳平自身いささか戸惑い、自分でも変わっていると思ったことがあった。だがひとりでに生まれてきたもので、どうすることもできなかった。

淳平はすでに女を経験していた。高校三年になる前の春休みに同級生と初体験した。彼女も初めてだった。それから何度か関係を持ったが、夏休みの終わりにふたりの関係も終わった。

これまでに経験した女は、その初体験の相手を含めて二人だ。もう一人は大学に入って合コンで知り合った他校の女子大生で、彼女も同い年だった。

淳平にとって彼女とのセックスはあまり満足のいくものではなかった。すでに官能的で濃厚な熟女とのセックスへの願望があって、それを若い彼女に求めても叶えられるはずもなく、願望があるぶん不満が残るだけだった。

それでも彼女とは半年あまり付き合って──不満があるものの性欲の捌《は》け口《ぐち》として必要だったため──三カ月ほど前に別れたばかりだった。

そうでなければ、この夏、男ばかり三人で海にくるなんてことはなかった。淳平はそう思っていた。

菅野智彦に誘われて、もう一人の親友の山上輝夫《やまがみてるお》も加わり、智彦の車にサーフボードなどを積み込んで西伊豆《にしいず》にきたのは、三日前のことだった。

叔母が西伊豆に住んでいて、自宅はすぐ前が海で、リゾートハウスのようなところなんだ。夏になったら一度みんなで遊びにいこう。前から智彦は淳平と輝夫にそういっていた。

そのとき彼の叔母のことを話していた。若い頃、イギリスに住んでいたことがあって、その経験から翻訳の仕事をしている。それに、美人で独身だがかなり年上の愛人がいるということも。

その叔母、水島亜沙子と会った淳平の第一印象は、智彦のいっていたとおりだった。いやそれ以上だった。見るからに大人の、それも洗練された感じの知的な雰囲気をたたえた美人だったので、気圧されて思わず見とれてしまった。

そんな亜沙子に出会って、淳平の気持ちは一変した。野郎三人で海なんてとボヤきながら、ほかの二人に付き合ってしぶしぶやってきたのが、亜沙子と会ったとたんに舞い上がって、きてよかったと思い直したのだから、なんとも現金なものだった。

亜沙子の家にきた初日、三人はさっそく海に出て泳いだりサーフィンを楽しんだりした。浜には水着姿の若い女たちも大勢いた。三人は女たちを観賞しながら勝手な感想を言い合っていた。

だが淳平はほかの二人ほど熱が入っていなかった。水着姿の若い女を見ながら亜沙子の軀を想像していたからだ。ほかの二人とちがって、それで気持ちは熱くなっていた。

セックスに関しては、三人の中では淳平が一番の経験者だった。もっとも智彦は去年初体験したばかりで、その相手とはこの春に別れ——実際は女に逃げられたのだが——、輝夫にいたってはまだ童貞というありさまだから、そんな二人と比べて一番もなにもあったものではないけれど。

ただ、三人に共通していることが一つあった。現在カノジョなし、ということだ。

海だけでなく、夕食は亜沙子の手料理とワインでもてなされて、三人は初日を楽しくすごした。

ところが翌日、思いがけないことが起きた。サーフィンをしていて、淳平が足首を捻挫《ねんざ》したのだ。

すぐに近くの街の医院にいって治療してもらったが、歩行は松葉杖を使う羽目になってしまった。

そのため二日目後半から三日目の今日にかけて、淳平だけは海に出ることができず、部屋でゴロゴロしてすごさなければならなくなっているのだった。

亜沙子の家に滞在するのは、三泊四日の予定で、明日には帰ることになっていた。

そのとき淳平はドキッとして、眼を見張った。デッキチェアの上の亜沙子が、ゆっくり膝を立てたのだ。

ワンピースの裾がずれ上がって、白い太腿が中程まで露出した——といっても一瞬だった。亜沙子はすぐに脚をデッキチェアから下ろし、立ち上がると淳平がいる部屋とは反対のほうに向かった。

淳平は亜沙子の後ろ姿に眼を奪われていた。分身がまたたくまに強張ってショートパンツの前を突き上げているのを感じながら、ワンピースにつつまれた、微妙に揺れているむっちりとしたヒップに——。

2

冷たいオレンジジュースをつくって、亜沙子はゲストルームに向かった。

海のそばとギリシャ風の白壁の家が好きで、三年ほど前に都心のマンションを売ってこの地に新築した自宅は、海に向かってシンボルツリーのフェニックスが植わっている芝庭を囲う格好に平屋がコの字状に建っていて、片側が亜沙子の寝室や仕事部屋、もう一方がゲストルームになっている。

二十代後半からはじめた翻訳の仕事は順調にきていて、打ち合わせのときやたまに付き合いのパーティなどで上京するぐらいで、西伊豆にいてもほとんど支障はなかった。

それにこちらが出向かなくても、仕事の関係者のほうから気分転換もかねて自宅にきてくれることもあった。

そして、ほぼ決まって月に一度、客とはいえない者もくる。亜沙子が十年ちかく付き合っている男、門倉健介《かどくらけんすけ》だ。

門倉は出版社の社長で、六十九歳。家庭があって、亜沙子とは絵に描いたような不倫の、愛人関係だった。

ゲストルームに向かいながら、亜沙子はなぜかふと門倉のことを思った。それも甥《おい》の智彦が友達を連れて遊びにくるより三日前の、門倉とのベッドの中でのことを。

年齢のせいだろう。このところ門倉の男性としての機能は目に見えて衰《おとろ》えてきていた。勃起に至るまでにかなり時間を要したり、勃起しても力強さに欠けたり持続しなかったりすることもある。行為の途中で〝中折れ〟することもめずらしくない。

先日もそうだった。挿入しての行為のさなか、門倉のペニスがみるみる力を失って、亜沙子の中から滑り出た。

「すまん」と門倉は苦笑いした。自嘲《じちよう》の笑いだった。

「ううん、大丈夫。気にしないで」

亜沙子は優しく笑いかけた。これまでにも何度か同じような言葉を交わしたことがあった。

門倉は亜沙子の中に指を入れてきた。最初は一本でこすっていたが、すぐに二本になった。

一本でも亜沙子は快感を感じていて、二本になるとひとりでにせつなげな声が出て腰がうねった。

亜沙子の反応を見て、門倉はもっとたまらなくなるほど感じさせてやろう、乱れさせてやろうと思ったか、まるで責めたてるように二本の指を使った。

指を開いたり閉じたりしながら、亜沙子の中をこねまわしたり、指先を曲げて掻いたり。同時にクリトリスを指でいじくったり、こすったり……。

亜沙子は翻弄《ほんろう》されながら、

「ああ抱いてッ、抱きしめてッ」

と懇願《こんがん》した。

門倉の一連の行為も亜沙子の求めも、いつものことだった。

亜沙子がそういって求めるのは、同じ翻弄されるにしても、抱きしめてそうされるのとそうでないのとでは、まったく気持ちがちがうからだった。

抱きしめられていないと、ただ弄《もてあそ》ばれているだけのようで、なんだか惨《みじ》めな、いやな気持ちになって、冷めてしまうのだ。

それでも亜沙子は門倉の気持ちが痛いほどわかっていた。彼のほうはそうすることで男としての惨めな気持ちを解消しようとしているのだ。

それは男としてどうしようもない、男の性《さが》のようなものなのかもしれない。

亜沙子はそう思っていた。そして、それをわかっていて思うのだ。

わたしのほうはそこまでされなくても、指でやさしくされるだけで充分に感じて、気持ちよくなれるのに……。

いつか、それにちかいことを門倉にいったことがあった。亜沙子からすると本当のことをいっただけだったが、門倉は慰《なぐさ》めと受け取ってプライドを傷つけられたようだ。口に出してはなにもいわなかったが、明らかに不快そうな顔をしていた。

そのとき亜沙子は思い知ったのだった。なんでも理性的論理的に考えることができる門倉にしてこれだから、男というのはことセックスのことになると、それもポテンシャルのこととなると、女からしたらまったくもっておかしなほどだわいなくなってしまうものなんだと。

ゲストルームの前まできて、ドアをノックしかけて亜沙子はふと手を止めた。わずかにドアが開いていたのだ。

その隙間から室内を覗いてみた。野間淳平がベッドに仰向けに寝ているのが見えた。彼は、入口とは反対に顔を向けていたが眠っているようだった。

亜沙子は音を殺してそっとドアを開け、中に入った。起こさずにようすを見ようと思ってそばまでいくと、確かに淳平は眠っていた。

どうしようか、亜沙子は迷った。起こしてジュースをすすめるか、それとも黙って引き返すか。

淳平は黒いランニングシャツに白いショートパンツを穿《は》いていた。片方の足首にはしっかりと包帯が巻かれている。パンツから露出している、いくらか日焼けして引き締まった脚と、さほど濃くはないが若々しい体毛が、勢い盛んな精気のようなものを感じさせた。

ベッドの上の淳平を何気なく見ているうちに、亜沙子の視線はショートパンツの股の上に留まっていた。

そのまま、視線がショートパンツの裾から中へと侵入していく。いけないと思いながらも誘惑を抑えきれず、そればかりか胸がときめくのをおぼえながら。

脳裏に若いペニスが浮かんだ。とたんに心臓の鼓動が激しくなった。

亜沙子はあわてて淳平の顔を見た。心臓の音が彼にも聞こえたのではないかとうろたえて。が、彼は眠ったままだった。

落ち着きなく、亜沙子は室内を見まわした。突然に自分の中に起きた信じがたい心の動きに、激しく気が動転していた。

そのとき、ジュースを載せたトレーを持ったままなのに気づき、そばのナイトテーブルの上にそっと置いた。そして思った。すぐにこの部屋から出ていくべきではないか。

だが亜沙子はそうしなかった。そうしないで、またしても淳平のショートパンツの前を見ていた。ただ見ているだけではなかった。凝視していた。

そんな自分に、亜沙子はひどく動揺し混乱していた。どうしてこんなことをしているのか、わからなかった。

それでいて、胸の高鳴りが止まらない。頭の中が、それに軀も、熱くなっている。

亜沙子はドキッとした。息を呑み、眼を見張った。淳平のショートパンツの前の部分が微妙に膨らんできているように見えたのだ。

見まちがいでも、気のせいでもなかった。確かに膨らんでいた。

なんで?!　どうして?!

亜沙子は当惑して淳平の顔を見た。彼は変わりなく、眠っている。

ショートパンツの前に視線をもどして、亜沙子はまた息を呑んだ。膨らみがさらにはっきりしてきている。それもペニスがエレクトしているのがわかるほどに。それでパンツの前がテントを張ったような状態になっている。

そこから亜沙子は眼を離すことができなかった。魅入られたように、そこを凝視していた。

息苦しくて、口を開けていなければ息ができなかった。鼠蹊部《そけいぶ》のあたりに甘美なうずきが生まれて亜沙子はうろたえ、淳平の顔を見やった。瞬間、心臓が止まりそうになった。

「淳平くん——！」

「おばさん」

亜沙子のかすれた声と淳平のうわずった声が交錯した。あろうことか、淳平が眼を開けて驚いた表情で亜沙子を見ていたのだ。

亜沙子は頭の中が真っ白になっていた。

3

「起きてたの？」

あわてふためいた感じの亜沙子が、呼吸を整えるようなようすを見せてから訊いてきた。

淳平はうなずいた。亜沙子同様、淳平も平静ではなかった。

「いつから？」

亜沙子が訊く。

「さっきから——」

「え?!……で、黙ってたの？」

「ていうか、ちょっと声をかけられなくて……」

「どうして？」

「あ、それは、おばさんが見てたから……で、眠ったふりをしてたら、ヘンになっちゃって……」

恥ずかしさを苦笑いでごまかしながら淳平はいった。大体それは本当だったが、眠ったふりをしたのはそのタイミングではなく、最初からだった。たまたま亜沙子がゲストルームのほうにくるのが見えて、急いでベッドに入ってそうしたのだ。とっさのことで、とくになんの考えもなく。

それだけにこんなことになって、淳平自身戸惑い、困惑していた。それ以上に亜沙子が見せた、思いがけない、信じられない反応のようなものに驚いていた。

「淳平くん、約束できる？」

うつむいていた亜沙子が、そのまま硬い表情で唐突《とうとつ》に訊いてきた。

「約束って？」

淳平は訊き返した。

「今日のこと、真夏の白昼夢だと思って、忘れるって」

さっきから亜沙子の口調も硬い。

淳平は亜沙子のいっている意味がすぐにはわからなかった。だが亜沙子のどこか思いつめたような表情でそれとなくわかって、カッと全身が熱くなった。

「できます」

思わず声が弾んだ。

「じゃあ起きて、ついてきて」

顔を上げて亜沙子がいった。一瞬、怒っているのかと思うほど、これまでになく強張った表情をしている。

淳平はすぐに起き上がって松葉杖を手にするとベッドから下りた。亜沙子はオレンジジュースを載せたトレーを持って部屋から出ていこうとしていた。

淳平は亜沙子のあとについていった。亜沙子がなにを考えているのか、およそ察しはついていた。——セックスするつもりなのだ。それもゲストルームではいつ智彦たちが帰ってくるやもしれないので、自分の寝室で……。

それはもう、ほとんど疑いの余地のないことだった。それでも淳平はまだ信じられなかった。まさか亜沙子がこんなことをするなんて、とても考えられなかったからで、まさに彼女がいった白昼夢を見ているようだった。

亜沙子は淳平を彼女の寝室らしい部屋に連れて入った。部屋のほぼ真ん中にダブルベッドが置いてあり、換気のためだろう、窓が開いていた。

亜沙子はすぐにクーラーを入れると窓を閉め、ブラインドを下ろした。それでも真夏の強い陽差しのせいか、室内はさほど暗くなかった。

淳平は松葉杖をついて立ったまま、亜沙子がすることを見ていた。寝室に入ったときから胸が一層高鳴って、いまもつづいていた。

亜沙子がそんな淳平の前にやってきた。

「さっき淳平くん、いってたわね。ヘンになっちゃったって。実際ヘンになってたけど、どうしてなの？」

揶揄するような眼つきで淳平を見上げて訊く。

淳平はドギマギした。亜沙子に訊かれたこともだが、彼女の手がショートパンツの前に触れてきたからだ。

「ね、どうして？　教えて」

甘い声と一緒に亜沙子の指がパンツの前をくすぐるようになぞる。

眠ったふりをしているうち、薄眼を開けて見たら、亜沙子に見られているのに気づいた。そして見られていると思ったら興奮して、勃起してしまった——というのが本当だったが、さすがにそうはいえなくて淳平はためらった。

だが亜沙子の挑発するような指の動きに煽られて、とっさに思った。こうなったら、もう隠さずに本当のことをいったほうがよさそうだと。

「おばさんに見られてるって思ったら、恥ずかしいけど興奮して勃っちゃったんです」

「そう。いまみたいに？」

亜沙子が面白がっているにように訊く。

ショートパンツの前はまた突き上がっている。それを見ている亜沙子の表情は、口調とはちがって硬い。なぜ硬いのか、若い淳平ももう理由がわかった。興奮しているためだと。

「こんなに感じやすい淳平くんのペニスって、どんなのか見てみたいわ。見ていい？」

「え⁈」

「だめ？」

「いいえ」

「いいのね？」

淳平はうなずいた。戸惑ってはいるものの、拒む理由も気持ちもなかった。

すると亜沙子は淳平にいやらしい感じの笑みを投げかけて、彼の前にひざまずいた。

ショートパンツのウエストのホックを外し、ジッパーを下ろしていく。それを見下ろしている淳平の眼に、ワンピースの胸元から白い乳房の膨らみが覗き見えて、ズキンとペニスがうずいてヒクついた。

亜沙子はショートパンツを脱がした。ついで突き上がっている紺色のボクサーパンツの前を興奮した表情で凝視したまま、パンツに両手をかけた。そして呼吸を整えるようなようすを見せてから、恐る恐るという感じでパンツを下ろしていく。

パンツと一緒に下方に押さえられた怒張が、さらに下げられたパンツから出ると同時にブルンと生々しく弾んで淳平の下腹部を叩いた。

「アアッ――！」

亜沙子がふるえをおびた声を放った。目の前の肉棒に眼を奪われたまま、肩で息をしている。

それを見て淳平の中にいままでになかった気持ちが込み上げてきた。いままでは、年上で女としての魅力も社会的なキャリアもある亜沙子にはとても太《た》刀打《ちう》ちできないと思っていたが、そうではなく自分のほうが優位に立っているような気持ちになってきたのだ。

淳平からパンツを取り去ると、亜沙子はゆっくり立ち上がった。松葉杖を持っていて手が使えない淳平のランニングシャツを脱がしていく。全裸にすると、ベッドに座らせた。

淳平は胸がときめいた。前に立っている亜沙子が、淳平のいきり勃っているペニスを見つめたまま、黙って両手を背中にまわしたのだ。興奮し欲情しているせいだろう。その表情はただ硬いだけでなく、艶めいてもいる。

背中のジッパーを下ろすと、亜沙子はレモンイエローのワンピースを脱ぎ落とした。

淳平は思わず眼を見張った。ワンピースと同色のブラとショーツをつけただけの、完璧なまでに官能的に熟れた女体が目の前にあった。

しかもそれは、適度に肉がついて、それでいて色っぽいプロポーションを保っている——という淳平にとって理想の熟女の軀そのものだった。

「すごいわ。淳平くんのペニス、ヒクヒクしてるわよ」

うわずった声でいいながら、亜沙子がブラを外していく。いわれたとおり、亜沙子の裸を見て怒張が脈動していた。

乳房があらわになった。きれいなお椀形のそれに淳平が息を呑んでいると、亜沙子が彼の前にひざまずいた。両手を怒張に添え、亀頭に口をつけてきた。

亜沙子の舌がねっとりと亀頭にからみ、くすぐりたてるように舐めまわす。

淳平は快感にふるえ、こらえきれずに喘いだ。

亜沙子もたまらなそうな鼻声を洩らして唇で肉棒をなぞったり、舌をじゃれつかせるようにして舐めたりしている。それも徐々に夢中になってきているようすで、貪るような感じに見えていやらしく、淳平はますます興奮と快感をかきたてられる。

やがて亜沙子は怒張を咥えると、顔を振ってしごきはじめた。

欲求不満が溜まっている淳平は、必死に快感をこらえなければならなかった。少しでも油断すると暴発しそうだった。

そんな淳平の眼に、さらに刺戟的な眺めが映った。亜沙子が突き出すようにしている、むっちりとした尻のまるみだ。おまけに亜沙子が穿いているショーツがTバックだったため、よけいに煽情的だった。

淳平は我慢できなくなっていった。

「おばさん、ぼくも舐めさせてください」

亜沙子が顔を起こした。淳平の言葉に驚いたような表情を見せ、そして苦笑して、

「こんなとき『おばさん』なんていわれると、なんだか複雑な気持ちになっちゃうわね」

「すみません」

淳平はあわてて謝った。

「謝らなくていいわよ。じゃあ淳平くん足が不自由だから、ベッドに上がって仰向けに寝て」

淳平はいわれたとおりにした。こんな格好にしてどうしようと思っているのか亜沙子の考えがわからないまま、胸がときめいていた。

亜沙子がショーツを脱いでベッドに上がってきた。

淳平は驚いた。亜沙子が軀の向きを淳平とは反対にして、彼の顔をまたいだのだ。シックスナインの体勢だった。

淳平の顔の真上に、初めて見る亜沙子の秘苑《ひえん》があからさまになっている。亜沙子のヘアスタイルはストレートのセミロングで、黒々として艶がある。それから

淳平が想像していたとおりの陰毛の間から、三十八歳にしては色も形状もきれいな肉びらが覗いている。

ただ、秘苑全体としてはきれいなだけではない。陰毛が肉びらの両側にまで生えていて、そのためいやらしく見える。それが淳平の興奮を煽った。

亜沙子が怒張を手にすると、亀頭に舌をからめてきた。

淳平も両手で唇のような肉びらを分けた。ピンク色の粘膜があらわになった。

そこはもう、溶けたバターを塗りたくったように濡れ光っていた。

4

シックスナインで行為しはじめて早々に、亜沙子はフェラチオをつづけていられなくなった。淳平のクンニリングスが驚くほど上手だからだった。

甥の智彦たちを見ていて、三人の中で一番女性経験があるのは淳平だろうと女の直感で思っていた亜沙子だが、まさかここまでテクニシャンだとは想わなかった。

テクニシャンということでいえば門倉もそうで、それに年季が入っているぶんすべてに余裕と粘りがあるが、若い淳平にそこまでのものはない。かわりに一途《いちず》な熱情のようなものがあって、それが亜沙子には新鮮だった。

そんな淳平のクンニリングスは、ただクリトリスを攻めるだけでなく、ときおりそこを外して秘唇を舌で弄んだり、膣口をくすぐりたてたりする。

クリトリスを攻めるにしてもこねまわしたり弾いたりの刺戟に強弱をつけたり、肉芽の先や根元の周りとか、刺戟する場所も変える。それに秘唇を弄ぶのも舌でなぞったり口に含んで吸ったり、変化をつける。

それはまるで子供がおもしろいオモチャをあてがわれて夢中になって遊んでいるような感じだ。

亜沙子は肉棒を手でしごきながら、舌を陰嚢に這わせて舐めまわした。

淳平が驚きと快感が入り混じったような声を洩らして肉棒をヒクつかせた。そして亜沙子に対抗するように舌でクリトリスを攻めたててくる。

フェラチオをつづけられなくなると同時に声をこらえられなくなっていた亜沙子は、淳平の舌でかきたてられる快感に泣き声になって身をくねらせながら、たちまちもういつでもイケるところまで追い上げられた。

それを察したかのように、亜沙子自身ビンビンに膨れあがっているとわかる肉芽を、淳平の舌がこれまでになく強く弾く。

そのとき、うずくような快感が軀の芯を突き抜けた。

「アアだめッ、イクッ、イッちゃう！」

いうなり亜沙子は突っ伏して淳平の太腿にしがみつき、絶頂のふるえに襲われて感泣しながら「イクッ、イクッ」と訴えた。

そのままオルガスムスの余韻《よいん》に浸っていると、快感がぶり返してきて軀がふるえ、荒い息遣いが喘ぎ声になる。

――と、淳平の手が尻を撫でまわす。亜沙子は身悶えた。ちょうど腹部のあたりに密着している淳平の怒張がヒクついている。その生々しい感触に子宮がうずき、亜沙子はたまらなくなって起き上がった。

「淳平くん、わたしが上になっていい？」

軀の向きを変えて訊くと、興奮が貼りついたような顔つきの淳平がうなずき返す。

亜沙子は淳平の腰をまたぐと、いきり勃っているペニスを手にした。淳平のそれは、サイズはふつうだがエラの張りが目立つぶん、亀頭が大きく見える。その亀頭を割れ目にあてがってこすりつけた。

愛液にまみれた粘膜のヌルヌルする感触と一緒に、身ぶるいする快感に襲われる。

「アァッ……」

亜沙子は喘いだ。淳平の顔を見ると、興奮しきった表情で下腹部を凝視している。

そのようすに亜沙子は欲情を煽られて、亀頭を膣口にあてがうと収めた。ヌルッと亀頭が入った瞬間喘ぎそうになったがかろうじて声をこらえ、股間を覗き込むと、そのままゆっくり腰を遣った。

膣に収まっているのはペニスの三分の一ほどだ。その状態を保って腰を上下させていると、膣の入口付近が刺戟されて、奥とはちがうその部位ならではの、甘くくすぐられるような快感がある。しかも淳平のペニスはエラが大きく張っているので、そのぶん摩擦感《まさつかん》も甘くうずくような快感も強い。

この浅い抽送が、それによって生まれる快感が、亜沙子は好きだった。いきなり奥まで貫かれて突きたてられるのは、あまり好きではなかった。

浅い抽送で快感をかきたてられているうちに、奥を突かれたくてたまらなくなる。その感じと快感が好きで、それをされたら文字どおり〝一突き〟でイッてしまう。

腰を遣いながら、亜沙子は股間を覗き込んだ。生々しい、いやらしい光景が見えた。突っ立って愛液でヌラヌラしている肉棒を、唇のような肉びらが咥えて上下している。それを見て興奮を煽られ、劣情をかきたてられる。

「淳平くん、見えてる？」

「ええ、見えてます」

興奮のためか、淳平の声は硬い。

「気持ちいい？」

「いいッス」

「もっと、奥まで入れたい？」

「入れたいです」

淳平がうわずった声で応える。それはそのまま亜沙子自身の気持ちでもあった。

亜沙子はゆっくり腰を落とした。肉棒が滑り込んできて、軀がとろけるような快感がひろがる。腰を落としきると、その快感が子宮から背筋を走り抜けて、思わず呻いてのけぞった。瞬間、頭がクラッとして、かるく達した。

亜沙子は腰を前後にゆるやかに振った。亀頭と子宮口がこすれ合って、うずくような快感がわきあがる。

「アアッ、奥がこすれて、気持ちいいッ。淳平くんは？」

「グリグリしてて、ぼくも気持ちいいッス」

亜沙子は淳平の両手を取って乳房に導いた。

淳平が乳房を揉みたてる。甘いうずきをかきたてられて、亜沙子は喘いで身をくねらせた。ひとりでに腰が律動する。快感が強まり、さらに貪欲になって腰をグラインドさせる。

『アアッ、この硬いペニス、いいッ、たまンないッ、気持ちいいッ』

久しぶりに味わう力強く勃起したペニスの感触に、胸の中でよがりながら夢中になった。

いつか門倉からいわれたことがある。「亜沙子の腰遣いはベリーダンサーみたいで最高に煽情的だよ」と。

その言葉が頭に浮かび、亜沙子は思った。この腰の動きを見て、淳平くんはどう思っているかしら。

ところがそうやって腰を遣っているうちに、淳平のことを気にする余裕はなくなった。亜沙子のほうがイキたくてたまらなくなってきた。

「淳平くん、まだ我慢できそう？」

「あ、もうちょっとは……」

淳平がうわずった声で答える。

「わたし、このままイキたいんだけど、わたしだけイッちゃっていい？」

「いいスよ」

亜沙子は我慢を解き、腰を前後にクイクイ振りたてた。強い快感がわきあがって、高みに攫《さら》われていく。めくるめく瞬間がきた。よがり泣きながら頂《いただき》に達して淳平の上に倒れ込んだ。

そのまま、オルガスムスの震えに襲われながら喘ぎ、息を弾ませていると、淳平がいった。

「おばさん、反対を向いてみて」

「え？　どういうこと？」

亜沙子は戸惑って訊いた。

「後ろ向きの騎乗位でしてみたいんだけど……」

淳平が照れ臭そうにいう。

「ぼく、熟女が好きなんです。それもとくに色っぽい尻が……」

亜沙子は驚いた。

「へ〜、淳平くんてそういう趣味があったの」

「そうなんです」

淳平は苦笑いした。

「あ、でもわたしのお尻、そんなに色っぽくなんかないわよ」

「そんなことないスよ。ぼく、最初からメッチャ色っぽいと思ってました」

淳平が気負っていう。

「やだ、そんなふうにわたしのお尻見てたの」

「すみません」

「でもだったら、熟女好きの淳平くんにとって、わたしとのことはラッキーだったってこと？」

「ええ。それどころか夢みたいです」

「夢？　まさに真夏の白昼夢だわね」

亜沙子が笑いかけていうと、淳平も笑い返した。

思いがけない淳平の求めに応じて、亜沙子は軀の向きを変えていった。膣に収まったままのペニスが中で半回転して、その感覚に思わず喘ぎそうになりながら、淳平の足のほうを向いた。

そのまま、前後にゆっくり律動した。相対しているときとはちがう状態でペニスが膣に収まっているので、生まれる快感が微妙にちがう。窮屈《きゆうくつ》な感じでこすれ合っている感覚があるのだ。

亜沙子にとってこの体位は初めてということではなかった。もっとも門倉が元気のいい頃にした記憶があるだけで、ずいぶん前のことだ。だから久しぶりの快感は新鮮だった。

淳平が両手で亜沙子の尻をつかんだ。

「ズコズコしてみて」

と、尻を上下させるよううながす。

亜沙子は前傾姿勢を取って腰を上下させた。快感が抽送のそれに変わった。あからさまになっているだろう股間の淫猥な状態を、淳平に見られているはず。そう想ったら、強い興奮に襲われてめまいがした。

5

目の前にこれ以上ない、いやらしい眺めがあからさまになっている。

むっちりとしてまろやかな白い尻が、その割れ目をあらわにして上下に律動しているのだ。あらわになっているのは、ペニスが膣に入っている――というより突き入っている状態で、尻の律動に合わせて怒張を咥えた肉びらが上下するさまだ。

そのすぐ上には、赤褐色のアヌスも露呈している。怒張も肉びらも愛液にまみれていて、亜沙子がどれほど感じているかを表していた。

それだけではない。ときおりアヌスがまるでエロティックなイキモノのように収縮したり弛緩したりして、それに合わせて膣がペニスを締めつけてきているのだ。

それに亜沙子が洩らしている声は、気持ちよくてたまらないというような泣き声だ。

そのとき、腰を上下させていられなくなったように亜沙子が尻を落とした。そして、腰を前後させてすりつけてくる。

膣の奥まで入っているペニスの先が子宮口の突起とグリグリこすれ合う。その生々しい感覚と、これ以上ないほど官能的なまるみを見せて煽情的に律動する尻に、ゾクゾクする快感と興奮をかきたてられながら、淳平は両手を差し出した。尻肉をつかむとグイと開き、そのまま動くよううながした。

亜沙子はすぐに淳平が求めている行為を察したらしい。前に倒れ込むと、軀を前後にスライドさせるようにする。

淳平が両手で尻肉を押し開いているため、淫猥な眺めがあからさまになっている。それも肉びらの間に逆向きに反ってズッポリと突き入った肉棒が、亜沙子の動きに合わせて出入りしているのが。

肉体的な快感と一緒に視覚的な刺戟を楽しむと、淳平は尻から両手を離した。それでも亜沙子は動きつづけている。感じ入った喘ぎ声を洩らしながら。

淳平が尻から手を離したのは、快感をこらえるのが限界に達してきていたからだった。

「ぼく、もうやばいッス」

亜沙子が動きを止めた。ゆっくり淳平の上から下りる。抜け出た肉棒が生々しく弾み、ふるえるような喘ぎ声を亜沙子が洩らした。淳平のほうを向き直った顔は、欲情に取り憑《つ》かれているようだ。

「淳平くん、膝で立つことはできるでしょ」

訊かれて、淳平はうなずいた。

「じゃあ、こんどは上になって」

そういって亜沙子は仰向けに寝た。

淳平は起き上がった。亜沙子は膝を立てて脚を開いている。淳平は膝立ちになって、亜沙子の脚の間に入った。

亜沙子は顔をわずかに横に向けている。その表情は淳平の行為を期待してときめいているようだ。

淳平は怒張を手にすると、亀頭で肉びらの間をまさぐった。

「アァッ……」

昂ぶった喘ぎ声を洩らして亜沙子が腰をうねらせる。淳平は亀頭でクリトリスをこすった。

「アアいッ……アアンだめッ、きてッ」

挿入はせず、こすりつづける淳平に、亜沙子が悩ましい表情を浮かべて熟れた裸身を焦《じ》れったそうにくねらせながら両手を差し出して求める。

亀頭を膣口にあてがうと、淳平は押し入った。亜沙子が呻いてのけぞった。

ペニスを半ばまで入れたところでふと、亜沙子が騎乗位でしていたとき、膣の入口付近が感じやすそうだったのが頭をよぎって、淳平は浅い抽送を繰り出した。

「アアン、それいいッ、いいわッ」

思ったとおり、亜沙子が過敏な反応を見せる。

ところが色っぽく熟れた裸身がたまらなそうに悶えるそのようすが、限界を迎えている淳平にわずかに残っていた我慢をたちまち奪ってしまった。

淳平は深く押し入った。亜沙子が感じ入った喘ぎ声を放ってのけぞり、軀をわななかせた。それだけで達した感じだった。

淳平は抽送した。それに合わせて亜沙子が感泣する。その裸身だけでなく、膣にも熟れて練れた感じがあって、ペニスが甘くくすぐりたてられる。

「もうだめッ、イキそうッス！」

「イッて。わたしもイクわッ」

ふたりとも声も表情も切迫していた。

淳平は激しく突きたてた。亜沙子がよがり泣く。腰がとろけるような快美感に襲われて深く突き入った。亜沙子の軀が反り返った。

「イクッ！」

呻いた淳平の中から熱い快感が迸《ほとばし》った。ビュッ、ビュッと勢いよく断続的に。それに合わせて亜沙子が「イクッ、イクイクッ」と震えをおびた泣き声で絶頂を告げながら軀をわななかせる。

翌日、淳平たちは昼前に亜沙子の家をあとにして東京に向かった。菅野智彦が車を運転し、山上輝夫が助手席、淳平は後部座席に座って松葉杖を脇に置いていた。

前に座っている二人は、昨日の淳平と亜沙子のことなど、もちろん知らない。今朝から別れるまで、亜沙子はまともに淳平と眼を合わさなかった。といってもみんなの前で見せる表情や言動にとくに変わったところはなく、それどころか何事もなかったかのようだった。

だから淳平には、亜沙子の心の中はまったくわからなかった。

真夏の太陽が照りつけてまぶしい西伊豆の海を車窓から見ながら、淳平は昨日のことを思い出していた。

あまりにも思いがけない、まさに亜沙子がいったように白昼夢の中のようなことだったので、昨日の今日なのにどこか現実感が乏《とぼ》しかった。

ただ、思い返しているうちに徐々に生々しくなってきた。

昨日、淳平と亜沙子の行為は、一回では終わらなかった。淳平が一度射精したあともペニスが強張ったままなのを見て、亜沙子から求めてきたのだ。射精してもすぐにペニスが萎《な》えないことは、若い淳平にとってはめずらしいことではなかった。

一度欲望を解き放っているので二回目の行為では、淳平は余裕をもって愉《たの》しむことができた。亜沙子のほうも貪欲になって、何度もオルガスムスに達した。

そんな濃厚な情事のあと、亜沙子が自嘲するような笑みを浮かべて、信じられないというように、というよりも他人事《ひとごと》のようにいった。

「淳平くんとこんなことになるなんて、一体わたしどうしたのかしら」

返す言葉もなく淳平が黙っていると、

「たぶん、夏のせいね」

亜沙子がつぶやくようにいった。

それを思い出して、淳平は胸の中でつぶやいた。

夏のせい、か。そうかも……。

キレる！

1

白瀬《しらせ》静香《しずか》は歩きながらスーツの上着を脱ぎ、後ろについている熊井《くまい》貴人《たかと》に黙って差し出した。

熊井はそれを受け取ると、理事長の立派なデスクの横にあるコート掛けのハンガーに、スーツのブランドがシャネルであることを見ながらかけた。

白瀬学園は幼稚園から大学まである女子限定の私立の学校法人で、園内の事務所ビルにある理事長室は、高級な家具調度がそろった広いリビングルームのような雰囲気があって、ここだけはほかとはまったく別の空間になっている。

その窓際に近いデスクに向かった理事長の白瀬静香が、こういうときにだけ使う近視用の縁無し眼鏡をかけて書類を手にした。

昼間は人に会うことで忙しいため、静香のデスクワークは夕方から夜になることも珍しくない。そのときはほかの職員たちが帰っても秘書の熊井だけは残っている。といっても自主的にではなく、ふだんから人使いの荒い女理事長にそうするのが当然のように命じられていやいやだった。

この日は夕方から理事長のお伴で政治家のパーティに出席したあと、静香と一緒に事務所にもどってきたため、時刻はすでに九時をまわっていた。

当然、ほかの職員はみんな、もうとっくに帰っている。熊井にしても、こんな時間まで理事長に付き合わされるのは初めてのことだった。

熊井は胸のうちでぼやいた。なにもパーティから帰ってきてまで仕事をすることはないだろ。もういいかげんに解放してほしいよ。

ところが当の静香は、そこに熊井がいることなどまるで忘れたかのように熱中して書類に眼を走らせている。

たまりかねて熊井は声をかけた。

「すみません、理事長。私はもうよろしいでしょうか」

静香が顔を上げて、え？　何をいってるの、というような表情を見せた。

「何か、用事でもあるの？　デート？」

眼鏡に手を添えてそう訊きながらも、そんなものあるわけないわよね、といわんばかりの笑みを浮かべている。

それは熊井のひがみかもしれないが、揶揄《やゆ》するような笑みということだけは確かだ。

「いえ、そういうわけでは……」

熊井は苦笑いしていった。

「そう。じゃあ、ちょっと肩を揉んで。つまらないパーティに出たら疲れて肩が凝《こ》っちゃったわ」

女理事長は書類を手に立ち上がり、一方の手で肩を叩きながら、ソファに移った。

カチンときた。もとより熊井の都合などどうでもいいのだ。しかもマッサージなんて仕事とは無関係のことを頼むのに「わるいけど」の一言もない。

もっとも、そういうところがまさに白瀬静香だった。そして、こういうことがあるたびに内心憤慨しながらも、いつもぐっとこらえて従うのが熊井なのだった。

いまも熊井は、ソファに座って書類に眼を通している静香の後ろに立って肩を揉みはじめていた。

熊井は、白瀬学園理事長白瀬静香の秘書になって半年になる。それまでは学園の大学のほうの事務を担当していた。それが前任の秘書が結婚して退職することになり、なぜか熊井にその役がまわってきたのだ。しかもそれまで理事長の秘書はすべてが女性で、男は熊井が初めてということだった。

ところがほどなく、その理由がわかった。

「それはだな、きみは温和で従順な性格だし、なにより辛抱強い。そんなきみなら、あの女帝の秘書も充分務まると見込まれたからだよ」

上司からそう教えられたのだ。

白瀬静香は職員たちから、ときに女帝といわれている。そこには毀誉褒貶《きよほうへん》、両方の意味がある。いい意味でのそれはやり手ということで、副理事長のときからそういわれていたが、先年顧問に退いた父親の跡を継いで理事長になってからますますその印象が強くなっているからだった。

反対にわるい意味では、プライドが高いだけでなく、職員たちに対して高慢な態度や物言いをするためにそう呼ばれている。

プライドの高さは、人並み以上の美形ながら、いかにも気の強そうに見える顔立ちにも現れていた。

静香は三十七歳で、四歳年上の夫との間に七歳の男の子が一人いる。夫は文部科学省のキャリアだが、婿養子《むこようし》で、そのうえ性格も見かけどおり謹厳実直《きんげんじっちょく》、気弱なタイプらしい。静香がそんな夫を完全に尻に敷いていることは、関係者なら大抵知っている。

熊井は静香の肩を揉んでいるうちにますます腹が立ってきていた。

シルクの白いブラウス越しに手に感じるブラの肩紐《かたひも》。肩越しに見えている胸の悩ましい膨らみ。それに静香が脚を組み直すたびにずり上がって膝上十センチほどまでになっている、濃紺のタイトスカートの裾から覗いているきれいな脚……。

腹が立ってきたのは、それらを感じたり見たりしているうちに、静香に女を意識させられ性欲をおぼえさせられていたからだった。

しかも間の悪いことに熊井は、かなりの欲求不満を溜め込んでいた。一カ月あまり前に恋人と別れて、それから一度もセックスをしていなかった。

マスターベーションは一回したが、彼女と別れた直後だけに惨めったらしくていやになった。わずか一カ月あまりのことだが、二十七歳の性欲は捌《は》け口《ぐち》を失ったぶんよけいに高まっていた。

第一そういうことになったそもそもの原因は、静香だった。静香の秘書になってから熊井の勤務時間は不規則になり、そのことで不満を訴えていた彼女がついに我慢できなくなったのだ。

彼女と別れる羽目になったのは理事長のせいなのに、理事長に興奮させられてどうすんだよ！

そう思ったらよけいに怒りが込み上げてきた。

「あ、肩はもういいから、ついでに脚をマッサージしてちょうだい。ふだんよりヒールの高い靴を履いてたから、脚がパンパンなの」

静香が事も無げにいって、組んでいる脚をそろえた。

まだコキ使おうってのか?!

熊井はムカッとした。が、ここでも持ち前の我慢強さが性能のいいサーモスタットのように働いて、静香の前にまわっていた。

静香がシルバーのハイヒールのパンプスを脱いだ。その間も手にしている書類を見ている。

肩揉みは子供の頃に父親にしたことはあったが、脚のマッサージは初めてだった。低いテーブルを脇に移動して静香の前にひざまずき、どうやればいいのか、熊井は訊いた。

「経験ないの？　してもらったことも？」

静香が書類から顔を覗かせ、呆れたような表情で訊き返す。

はい、と熊井は答えた。

「じゃあこれからときどきしてもらうから教えといてあげるわ。まずふくら脛《はぎ》、足首、足全体の順で揉みほぐすの。足の指も一本一本引っ張ったりしてね。それから足の裏を揉んだり指圧したりする。さ、やってごらんなさい」

いわれて熊井はスーツの上着を脱ぎ、ネクタイを外した。

すっと、静香が片方の足を熊井の膝の上に乗せてきた。見上げると、静香が手にしている書類に隠れて顔は見えなかった。

教えられたとおり、熊井はまず、ふくら脛から両手でマッサージしはじめた。

静香はプロポーションがいい。眼につくところでは特に脚の膝から下がきれいで、引き締まってすらりとしている。そのふくら脛を揉んでいると適度な弾力があって、パンパンに凝っている感じはなかった。

ふくら脛から足首をマッサージし、足に移ろうとしたとき、静香が脚を組んだ。そうやって片方の足を浮かせてマッサージしやすくしたのだろうが、熊井はドキッとした。

膝上十センチまでずり上がったスカートと太腿の間に隙間ができて、その奥に肌色のパンストにローズレッドのショーツが透けているのが見えているのだ。

熊井は足を揉みながら、そっと静香のようすを窺《うかが》った。書類で顔は見えない。熊井は思った。

下着が見えてるのがわかってるのか？　もしわかってるとしたら、からかっているか挑発しているかだろうが、まさかあれだけプライドが高い理事長がそんなことをするわけがない。それも秘書というより小間使いぐらいにしか思っていない俺に対して……。きっと、書類を見るのに熱中してわかってないんだ。それなら遠慮することはない。見てやれ。

熊井は刺戟的な眺めに眼を凝らして足を揉みつづけた。パンストを穿いているので揉むのがむずかしいが、教えられたとおり足の指も一本ずつ揉みほぐしたり引っ張ったりした。

ついで足の裏に移ったとき、もっと刺戟的な眺めを見ることができることに気づいた。足を少し傾けることによって膝が開き、股間がさらによく見えるのだ。

傾けた足の裏を両手で押し揉みながら、熊井は固唾《かたず》を呑んだ。

パンストのシームがその下に透けているローズレッドのショーツの股の部分に

食い込み、その周りの肉がふっくら盛り上がっている。静香の秘苑を想像させるその生々しい眺めに、いつのまにかエレクトしていたペニスがズキンとうずいた。

そのとき、またドキッとした。が、こんどはうろたえてのことだ。静香が脚を組んだまま、熊井がマッサージしているのとは反対の足を彼の膝の上に乗せ、ゆっくりと股間に向けて滑らせてきたのだ。

熊井はドギマギして静香を見た。相変わらず、顔は書類に隠れて見えない。それよりも足と一緒に腰が前に滑ってスカートがさらにずり上がり、むちっとした太腿の中程まで露出している。

その眺めに眼を奪われていた熊井は、思わず息を呑んだ。股間に這ってきた静香の足が——正確には足の指が、ズボン越しにエレクトしているペニスをまさぐってきたのだ。

「どうしたの？　手が遊んでるわよ」

静香の叱声《しっせい》が飛んできた。

熊井は弾かれたように静香を見た。叱ったり、足でそんなことをしながらもまだ書類を見ている。

熊井は思った。からかってンのか?! それともマジに挑発してンのか?!

静香はパーティでアルコールを口にしなかった。そのため、そばについていた熊井もそうするしかなかったのだが、だから静香の行為は、どちらにしてもシラフでの行為だった。

戸惑いながら熊井が両手で足の裏を揉んでいると、さらに信じられないようなことが起きた。静香の一方の足が熊井の股間をグイグイ押してきたのだ。まるでなにかを催促《さいそく》するかのように――。

熊井は逆上した。静香の内腿の奥に手を差し入れた。

「何すンのッ!」

金切り声と同時にいきなり胸を蹴飛ばされてひっくり返った。

2

静香が書類を脇に置き、眼鏡を外して立ち上がった。ひっくり返ったままの熊井の横にきて見下ろし、

「ふざけないで。わたしに誘惑されたとでも思ったの?」

睨みつけて訊く。強い口調ではなかった。そのぶん怒りを抑えている感じがあ

って、それがいつ爆発するかわからない怖さがあった。

いいえ、と熊井は答えた。それが精一杯だった。躯がひっくり返ったときから気持ちも動転していた。

「じゃあどうしてここがこんないやらしいことになってるのよ⁈　どうしてわたしにふざけた真似をしたのよ⁈」

こんどは声を高めていいたてながら、静香が足で熊井のズボンの盛り上がりを繰り返し踏みつける。

「うッ。す、すみませんッ。許してくださいッ」

熊井は両手で静香の足を持ち、懇願した。

「離しなさいッ」

一喝《いっかつ》されて足から両手を離した。

「わたしはね、あなたのここがいやらしく膨らんできたから、口で叱るかわりにたしなめたのよ。それをあなた、勝手に都合よく、誘惑されてるなんて思ったんでしょ？」

またしても静香の足がズボン越しにペニスを踏みつける。

「ち、ちがいますッ」

熊井の声はうわずった。

「じゃあ何なのよ⁈　いってごらんなさいよ！」

静香の怒りが爆発した。足でペニスをぐりぐり強くこねる。

熊井は呻くだけで答えられない。というより答えようがない。どういおうと静香の怒りを煽るだけだということがわかっていた。

「ほら、いえないじゃないの。わたしがどうして怒ってるか、まだわからないのッ⁈」

静香がヒステリックに詰問《きつもん》する。

「わかってます。ぼくが失礼なことをしたから……すみませんでした」

熊井は屈辱をこらえて謝った。

「もちろんそれもあるわよ。でももっと、それ以上にわたしに対して失礼なことをしたでしょ。わからないの？」

「……すみません」

訊かれている意味がわからず、熊井はまた謝った。

すると女理事長は熊井の腰のあたりをまたぎ、両手を腰に当てて熊井の顔を覗き込んだ。

「鈍《にぶ》いヒトねェ。わたしはね、そういうあなたのような鈍いヒトに、わたしが誘惑したなんて思われたことが我慢ならないのッ。許せないのよ」

苛立たしげにいうと、「わかる？」と小馬鹿にしたような笑みを浮かべて訊く。

「わかりません」

熊井は女理事長を真っ直ぐに見返して答えた。ぶっきらぼうな口調になった。一気に膨れあがって暴発しそうになった怒りを、かろうじてこらえているせいだった。

とたんに静香の顔から笑みが消え、驚きの表情に変わった。熊井の反応が信じられないといったようすだ。

「何いってるの？　あなた、誰に向かって開き直ったようなことといってるのか、わかってるの？」

静香がせせら笑いながら訊く。

それを見て熊井はついにキレた。カーッと頭に血が昇って怒りが爆発した。

「クソーッ、ふざけんじゃねエよォ！」

怒鳴り声をあげて跳ね起きると静香につかみかかった。

悲鳴と一緒に静香の軀がソファの上に倒れて弾んだ。その軀をソファから床のセンターラグに引きずり下ろし、馬乗りになって両手を押さえ込んだ。

「やめてッ。バカなことはやめなさいッ。こんなことして、ただですむと思ってるの⁈」

静香が息を弾ませてわめく。怒りと屈辱が交錯したような表情をしている。

一瞬、熊井は怯《ひる》んだ。が、すぐに破れかぶれの気持ちになった。もうやるしかないと思った。

両手でブラウスの胸元をつかむなり力任せに引き裂いた。静香の悲鳴と同時にボタンが飛び散ってブラウスの前が開いた。

熊井はブラウスを毟《むし》り取った。上半身ショーツと同じ色のローズレッドのブラだけになった静香が、あわてて両腕で胸を隠した。

その手が邪魔だった。熊井は静香をうつ伏せにした。再度馬乗りになって、背中のブラホックを外しブラを抜き取った。そのブラで静香を後ろ手に縛った。

「なにをするのッ⁈　いやッ、やめてッ、ほどいてッ」

うろたえた声をあげて悶える静香を仰向けにもどした。

静香は顔をそむけた。いつもの気の強そうな顔ではない。狼狽《ろうばい》しきっているようすで、熊井が初めて見る顔だった。

「熊井くん、手をほどいて。いまなら、まだ許してあげるから、ほどきなさい」

静香が恥辱《ちじょく》を嚙み殺したような表情で息を弾ませながらいった。むき出しの、三十七歳にしてはきれいな形を保っている乳房が大きく上下している。

手のつぎは口が邪魔だった。熊井はまわりを見回し、ネクタイを手にした。

「許してあげるだって？　冗談だろ、その恰好でそんな生意気なこと。でもほら、もう冗談もいえなくしてやるよ」

そううそぶきながら、ネクタイで静香に猿ぐつわをした。

ついでスカートを脱がしにかかった。静香は呻きながら腰を振りたてたり足をばたつかせたりして抗《あらが》った。だが脱がすのに苦はなかった。それよりも静香の抵抗が熊井の凌辱欲を煽った。

スカートにつづいてパンストも脱がせた。ローズレッドのショーツをつけただけになった裸身に、熊井は思わず見とれた。

プロポーションのいいその裸身は、しっとりと脂が乗ったような艶めかしい肌といい、ウエストのくびれから悩ましくひろがった腰の線といい、これぞまさに熟女という色気がむんむんしていて、見ているだけで股間がうずいた。

事実、熊井の分身はズボンの前を突き上げていた。

熊井は立ち上がった。静香を見下ろしながら手早く服を脱いだ。前が露骨に突き出たパンツだけになると、軀をくの字にしている静香を仰向けにして覆い被さった。

静香が呻いてかぶりを振りたてる。熊井はかまわず乳房にしゃぶりついた。両手で膨らみを揉みたてながら、乳首を交互に吸って舌でこねまわした。

さすがに膨らみに若い女のような弾力はなく、乳首も最初から硬めで突き出ていたが、揉む手につきたての餅《もち》をこねているような快い感触があった。

徐々に膨らみに芯のようなものが感じられるようになってきた。それにつれて乳首がさらに強張って勃ってきた。

きれぎれに呻き声を洩らして繰り返しのけぞっている静香の反応も変わってきた。声が妙に艶めいて、のけぞるようすが狂おしそうで、どう見ても感じてきているようすだ。

熊井は静香の下半身に移動し、そろえた両脚の膝のあたりにまたがった。

静香は顔をそむけ、強張ったような表情を浮かべて息を弾ませている。ローズレッドのショーツの、こんもりとした盛り上がりを眼にして熊井は、いきり勃っているペニスがズキンとうずいた。

両手で静香の太腿をゆっくりと撫で上げた。静香が眉根を寄せ、おぞましそうな表情を浮かべて軀をよじろうとする。が、熊井が膝にまたがっているのでどうにもならない。

膝から下がほっそりしているわりに、静香の太腿は肉づきがいい。それにゾクゾクするほど肌がすべすべしている。

太腿から悩ましく張った腰にフィットしているショーツへと、熊井は両手を這わせた。

ショーツは、恐らく高級ブランドのインポートものだろう。シルクの光沢があって、フロント部分に手の込んだ刺繍《ししゅう》が施されている。恥骨の盛り上がりに熊井が手を触れたとたん、静香が呻いて腰を跳ねさせ、かぶりを振りたてた。

熊井はそこを手でこねるように撫でまわした。盛り上がった骨と肉、それにザラついた陰毛の感触がある。

静香のそむけた顔が紅潮し、眼に悔しさが滲《にじ》んでいる。

「理事長、恨むなら自分を恨みな。それも人を人とも思わない高慢な自分をな。あんた、軀はいいけど、性格わるすぎるんだよ」

嘲《あざけ》るなり熊井は両手でショーツを引き下ろした。

静香が呻いて腰を揺する。むき出しの黒々と繁茂した陰毛が猛々しく見えると同時に、いかにも高慢な静香のそれらしく思えて、熊井の凌辱欲をかきたてた。ショーツを静香の両脚から毟《むし》り取るようにして脱がすと、荒々しく両脚を割り開いた。

静香が絞り出すような呻き声を発して腰を上下左右に振りたてる。開いた静香の両脚を、熊井は肩に担ぎ上げ、腕で抱え込んだ。

目の前にあからさまになった秘苑を見て驚いた。濡れていたのだ。しかも女蜜が肉びらにまであふれるほどに。

まだ乳房を揉みたて乳首を舐めまわしただけだというのに、それに屈辱と嫌悪をあらわにしていやがっていたというのに、高慢な女理事長はあろうことか感じていたのだ。

熊井は静香の顔を見た。固く眼を閉じて、そむけた顔を紅潮させている。そうやってかろうじて恥辱に耐えているようすだ。

「何だよ、もう濡れてるじゃないか。それもグショ濡れだよ、理事長」

熊井は嘲笑を込めていった。

静香がたまりかねたように、しかもそうするのがやっとという感じで弱々しくかぶりを振る。

それを見て熊井は溜飲《りゅういん》が下がる思いがした。

秘苑に視線をもどした。静香のそこは、貪欲そうな唇に似た暗褐色の肉びらを陰毛が口髭《くちひげ》のように取り巻いていて、なんとも猥《みだ》りがわしく見える。

プライドの高い静香の股間にこんないやらしいものがあったのかと思うと、熊井は痛快な気分になった。

それでいて腹が立った。そのいやらしいものに欲情をかきたてられているからだ。

両手で肉びらを分けるなり、熊井はそこにしゃぶりついた。静香の軀が鋭くヒクついた。

3

腹立たしさがクリトリスを責めたてるように舐めまわしたりこねまわしたりする激しい舌遣いになって、静香がいままでにない鼻にかかった呻き声を洩らしながら、繰り返し狂おしそうにのけぞって乳房を震わせる。

熊井の舌が責めたてているクリトリスはビンビンに膨れあがり、クレバスに蜜液があふれて熊井の口のまわりまで濡らしている。

クレバスにしゃぶりついたときにあったアンモニア臭と汗が入り混じったような臭いはしだいに消えて、かわりに官能的な女臭のようなものが蜜液から感じられた。

静香の呻き声と息遣いがひときわ切迫してきた。絶頂がちかいのを予感して熊井は激しくクリトリスを舌で弾いた。顎《あご》が密着しているクレバスがピクピク痙攣《けいれん》するのがわかった。

静香が反り返った。「ウーン」と感じ入ったような呻き声を放って腰を激しく揺すりたてる。

腰の律動が収まるのを待って、熊井は顔を上げ上体を起こした。静香は放心したような表情で荒い息をしながら、軀をヒクつかせている。

熊井も息が弾んでいた。立ち上がってブリーフを脱ぎ捨てた。先程とは反対に熊井が静香の腰のあたりをまたいだ。

静香がいきり勃っているペニスをチラッと見て、おぞましそうに顔をそむけた。

熊井は勝ち誇ったように静香を見下ろして訊いた。

る。

「イッたんだろ？」

静香は顔をそむけたまま黙っている。だがその顔には興奮の色が浮き立ってい
熊井は静香を起こした。正座させると、セミロングの髪の毛をつかんでネクタイの猿ぐつわを解き、ペニスを手にして静香の口元に突きつけた。

「ほら、さっきは俺が舐めてイカせてやったんだから、こんどは理事長の番だ。気を入れてしゃぶりな」

「いやッ」

女理事長が鋭く拒絶した。

「何だよ、俺はあんたのション便臭いオ××コを舐めてやったんだぞ。それなのに俺のチ×ポをしゃぶるのはいやだってのか⁉」

屈辱感を滲ませた静香の顔にペニスをこすりつけながら、熊井は罵《ののし》った。

「や、やめてッ……いやッ」

静香が抑揚《よくよう》のない、震えをおびた声でいった。

ペニスで顔を撫でまわされていることも、そんな恥辱的で露骨なことをいわれたのも、名門の家に生まれ育った静香にとっては初めてのことだろう。それでプ

ライドを打ち砕かれてしまったのか、というより熊井と同じように静香もキレたのかもしれない。茫然としたような表情をしている。

「ほらァ、しゃぶれよ」

熊井はペニスで頬を叩いてせきたてた。

「ああッ……」

静香がうわずった声を洩らした。みるみる表情が変わってきた。さきほど以上にはっきりと昂ぶりの色が浮き立ってきたのだ。

その変化に熊井が眼を奪われていると、静香は眼をつむり、舌を覗かせて亀頭にからめてきた。

熊井は驚いていた。呆気に取られていた。どう見ても静香はいやいやフェラチオをしているのではなかった。眼をつむったまま、興奮に酔っているような表情を浮かべてペニスを舐めまわしている。しかも顔を右に左に傾けながら、好物を舐め尽くすようにペニス全体を——。

舌でくすぐりたてられる快感をこらえながら熊井は、それでいて信じられないような気持ちで女理事長を見下ろしていた。目の前のことが現実だとわかっていても、あれほどプライドが高くて傲慢《ごうまん》な静香が自分の前にひざまずいて興奮してペニスをしゃぶっている光景が、夢でも見ているように思えてくるのだ。

そんな熊井を生温かい粘膜が包み込んだ。熊井が手を添えているだけの頭を振って、静香が咥えているペニスをしごく。しかもたまらなそうにせつなげな鼻声を洩らして。

それを見て、ざまァみろと熊井は内心嘲笑した。静香のフェラチオに圧倒され押されぎみになっていた気持ちが、ふたたび猛々しいそれにもどってきた。

「やけに美味しそうにしゃぶるじゃないの。理事長がこんなにフェラ好きだとは思わなかったな。それとも夫のモノをあまりしゃぶってないからか」

熊井はからかった。

チラッと静香が熊井を見上げた。怒ったような、そのぶん恐ろしく色っぽい眼つきだった。そんな眼つきで見られた瞬間、静香に咥えられているペニスに甘美なうずきが走った。

熊井は欲情をかきたてられて腰を引いた。静香の口から抜け出たペニスが大きく弾み、それを凝視して静香が「アアッ」と喘いだ。

熊井は静香をセンターラグの上に仰向けに押し倒した。その両脚を割って腰を入れた。

「いやッ」と静香がいった。

後ろ手に縛ったままなので、彼女にはどうすることもできない。それよりも妙に艶めかしい声だった。それにそむけている顔の表情も、とてもいやがっているふうではない。これまたどこかときめいているような感じだ。

熊井は怒張を手にすると、亀頭で肉びらの間をまさぐった。

「ほら、もうこれが欲しくてウズウズしてんだろ？」

ヌルヌルしたクレバスを亀頭でこする。クチュクチュと、濡れた音が響く。

「いッ、いやッ……アッ、アアッ……」

静香が悩ましい表情の顔を振り、腰を上下左右に振りたてる。

それを見てふと、別れた彼女と最後にしたセックスが頭に浮かんだ。

そのとき熊井はいつになくサディスティックになっていた。別れるといってきかない彼女を思い直させようとしていたからで、いま静香にしているのと同じように挿入直前で嬲《なぶ》って彼女に翻意《ほんい》を迫ったのだ。彼女は挿入をせがみ、熊井と別れないと約束した。ところが約束はそのときだけのことだった。

「アアッ、だめッ。アアン、いやッ」

静香がひどく艶めかしい声をあげた。クレバスをこすりつづけている亀頭が、焦れったくてたまらないという感じだ。

とくに熟女の色気をたたえている腰の動きにその感じがあって、腰つきがなんともいやらしい。

「ほらァ、入れてほしいんだろ?!」

熊井は興奮を煽られ、なおも亀頭で膣口をこねたてた。

静香が苦悶の表情を浮きたててのけぞった。そして熊井を見ると、必死に懇願するような表情でうなずいた。

「だったらいえよ、『入れてください』って」

静香は顔をそむけた。挿入を求めたものの、熊井に恥辱的なことをいわれて怒りをおぼえたのか、顔が強張っている。そして眼をつむると、

「入れて、ください」

セリフを棒読みするような口調でいった。硬い表情がいたたまれないようなそれに変わっていた。

熊井は押し入った。肉棒が蜜壺に滑り込むと静香が喘ぎとも呻きともつかない昂ぶった声をあげ、のけぞった。

静香の蜜壺は、いかにも熟女らしく、まったりとした感じがあった。といって

も熊井に熟女を相手にした経験はなく、若い女と比較してのことだった。

熊井は静香の顔を覗き込んだ。そむけている顔にもはや苦悶の表情はなく、はっきりとときめきの色のようなものが浮いている。

「信じられないような気分だな、理事長と繋がってるなんて」

熊井は笑っていった。

静香は戸惑ったような表情を浮かべた。

熊井はゆっくり腰を遣いはじめた。とたんに静香が悩ましい表情を浮かべてのけぞった。熊井の動きに合わせて狂おしそうにのけぞりながらも声はたてない。必死にたてまいとしているようすだ。

よがらせてやる！　熊井は静香の両方の足首をつかむと持ち上げて大きく開き、そのまま最奥まで突きたてた。

熊井の股間が静香の股間を叩いて派手な音をたてる。それに合わせて静香が昂ぶった呻き声や喘ぎ声をあげる。

熊井は腰を律動させながら股間を見やった。

濡れた肉びらの間で、蜜にまみれてヌラヌラと濡れ光った肉棒が出入りを繰り返している。

その淫猥な眺めに興奮を煽られて静香の両脚を押し倒すと、熊井は中腰になった。

「ほら見ろ。いい眺めだろ？」

脚を開いた状態で軀を海老状に曲げた格好になっている静香にそういって、その真上から突き挿しているペニスを抽送して見せつける。

「アアッ、いやッ、いやッ……」

静香は弾んだような声を発しながら、狼狽と興奮が入り混じったような表情で股間を凝視している。

「いやじゃない、いいんだろ？　オ××コが」

熊井が訊くと、傲慢な女理事長が驚くほど素直にうなずく。

いいのは熊井も同じだった。そうやって静香を突きたてていると、ペニスを挿入している角度のせいで、くすぐりたてられる快感が強いのだ。

熊井は足首を離して静香を抱き起こした。座って抱きかかえたまま、後ろ手に縛っているブラを解いた。そして、静香の耳に口を近づけた。香水が匂って、イヤリングが唇に触れた。

「どこがいいんだ？　いってみなよ」

熊井は腰をせり上げながら、静香の耳元で囁《ささや》いた。高慢な女理事長に卑猥な言葉をいわせたくなったのだ。

静香はかぶりを振った。熊井は両手で静香のむっちりとしたヒップを抱え込んで引きつけ、腰を遣った。

怒張が蜜壺の奥に突き当たっているため、亀頭が子宮口の尖《とが》りに当たってグリグリこすれる。

そのたびに静香がふるえをおびた、感じ入ったような喘ぎ声をあげる。そればかりか熊井にしがみついてくると、みずからクイクイ腰を振りたて、よがり泣くような声を洩らす。

「ほら、オ××コいいんだろ？　いってみろよ」

熊井はけしかけた。

「アアッ、いいッ、オ××コいいッ、いいのォ」

静香が泣き声でいう。

熊井は静香の顔を見た。いままで見たことがない凄艶な表情をしている。

「理事長がよがり泣きながら『オ××コいい』なんて信じられないよ、それ以上にたまんないよ」

熊井は本音を洩らすと静香の唇を奪った。舌を入れていくと、静香のほうから熱っぽく舌をからめてきながら、せつなげな鼻声を洩らす。そして、さらに快感を求めるように腰を振る。

静香の尻を抱えている両手に感じるそのいやらしい腰つきに、熊井も興奮を煽られてそのまま倒れ込み、激しく突きたてていった。

4

白瀬静香は両手両脚を投げ出して仰向けに寝ている。眼をつむって、まるで死んだようにぐったりしているが、胸が大きく上下して、脚の付け根にちかい内腿がときおりピクピク痙攣している。

その奥に、たったいま熊井がペニスを抜き取った女性器があからさまになっていて、わずかに口を開けた肉びらの間に、白濁液にまみれたピンク色のクレバスが覗いている。

熊井はスーツの上着を手にすると、内ポケットから携帯電話を取り出した。

最初はともあれ、途中からは静香も感じはじめて興奮してきた。特にフェラチオをしていたあたりからはそうで、そのあとは熊井がけしかけたとはいえ「オ×

×コいいッ」などと普段の静香からは想像もできない卑猥なことを口にしてよがったほどだから、もうレイプとはいえないはずだった。

だけど、女は信用できない。行為のあとで何をいいだすかわからない。ただ、白瀬静香がこのことを警察沙汰にするとは思えない。そのことで自分が失うもののほうがあまりにも大きすぎるからだ。それでも念のために保険はかけておいたほうがいい。

熊井はそう考えて、静香の弱みとなる写真を撮っておこうと思ったのだ。それに、もう白瀬学園にはいられないと思っていた。このあと辞表を出すつもりだった。

熊井は携帯のカメラに静香の痴態《ちたい》をとらえた。そのとき静香が眼を開けた。

「何をしてるの？」

訊きながらゆっくり起き上がった。

「理事長はマジによがってたからレイプなんかじゃないんだけど、でも女はわからないから保険をかけておこうと思ってね」

「写真を撮って、脅迫するつもり？」

胸と下腹部を手で隠して座ったまま、静香が訊く。

「人聞きのわるいことといわないでほしいな。俺は理事長ほど性格わるくないよ。写真を撮るのは自分を守るためで、あくまで保険だよ」

熊井は厭味《いやみ》を込めていうと、ネクタイを手にした。静香がいやがれば縛って写真を撮るつもりだった。

「そんな必要はないわ」

静香がいった。さっきからそうだが、その口調も表情もいままでになく、なぜか妙に淑《しと》やかな感じで、かえって不気味だった。

「どういうこと？」

熊井は訝《いぶか》って訊いた。

「あなたと同じように、わたしもあなたに犯されてるうちにキレちゃったのよ」

静香が自嘲するような笑みと口調で思いがけないことをいった。

「わたし、男性からさっきみたいなことされたの、初めてだったの。無理やりされたことはもちろんだけど、クンニリングスされたことも。それだけじゃない。セックスしながら、いやらしい言葉をいわれたり、いわされたりしたことも……」

啞然としている熊井に、静香はどこか嬉しそうにいって、そうしているうちに興奮してきたらしい。昂ぶった表情になって熊井の前ににじり寄ってきた。そして正座すると、熊井の下腹部に顔を埋め、ペニスに両手を添えて、舐めまわしはじめたのだ。精液と静香自身の蜜液にまみれたままのそれを――。にわかには信じがたい展開に、熊井は頬をツネってみたくなった。だがそんな必要はなかった。貪《むさぼ》るような静香のフェラチオで、半勃ち状態だったペニスが早くもふたたびいきり勃ってきたのだ。

熊井は仰向けになった。静香にフェラチオの続行を求め、彼女の腰を引き寄せてシックスナインの体勢を取らせようとした。

「だめよ、洗わなきゃ」

静香が腰を振って拒んだ。

「なら、俺のだって一緒だ。ほら、舐めてやるからまたがんなよ」

熊井が強引に引き寄せると、静香はされるままになって彼の顔にまたがった。

静香がペニスを咥えてしごく。真上にあからさまになっている静香の秘苑に熊井もしゃぶりついた。

舌を躍らせて責めたてるようにクリトリスをこねる。静香がすすり泣くような鼻声を洩らして腰をくねらせながら、激しくペニスをしごく。

クンニリングスとフェラチオのせめぎ合いになった。一度射精している熊井と、初めてクンニリングスを経験したという静香の差が出たか、静香のほうが先に絶頂を訴えて昇り詰め、熊井にしがみついて軀をわななかせた。

静香を起こして熊井も起き上がった。

「おねがい、後ろからして」

静香が興奮しきった表情で息を弾ませながらいって、自分から四つん這いになった。しかも上体を突っ伏すと、背中を反らせてむっちりしたヒップを立て、尻朶を開ききった。

「後ろからされるの、初めてなの」

そういって熊井を挑発するようにヒップをくねらせる。

「夫がいるってのに、バックの経験もないのか⁉」

熊井はヒップに手をかけて、一方の手に持ったペニスで蜜液にまみれたクレバスをまさぐりながら、呆れて訊いた。

「あのヒトはだめよ。セックスに興味がないヒトだから」

静香が焦れったそうにヒップを振りながら、うわずった声でいう。

「興味がないって、じゃあやってないの？」

「そう。もう、二年ちかく……アアきてッ、犯してッ」

たまりかねたように静香が昂ぶった声でいった。

犯して、という言い方といい、いままでの反応といい、意外にも静香の中には外見とはまったく逆のマゾヒスティックな性向が潜んでいるのかもしれない。

「ああ、牝犬みたいに犯してやるよ！」

いうなり熊井は押し入った。一気に肉棒が蜜壷を貫くと同時に静香が感じ入ったような呻き声を洩らした。

「どう？　牝犬みたいに犯される気分は」

熊井は突きたてながら訊いた。

「いいわッ。アアッ、たまンないッ。もっと、もっと突いてッ」

またキレたか、静香が自分から軀を揺すりながら訴える。

高慢な女理事長の本当の姿は、これなのかもしれない。

そう思って熊井は北叟笑《ほくそえ》みながら、静香のリクエストに応えて激しく突きたてていった。

変身

1

メガネをかけてニュースを伝えている妻の祥子《しようこ》を、津川徹《つがわとおる》は居間のソファから食い入るように見ていた。

繊細でシャープなシルバーのメタルフレームのメガネが、確かに祥子の顔を知的に見せている。しかもメガネをかけていないときとは異質の色っぽさもある。

テレビに出ている妻を見て実際にそう感じたとき、津川の脳裏に男たちの会話がよみがえってきた。

――それは今夜、友人に連れられていった飲み屋で偶然耳にした、その店にきていた客の男たちによるものだった。

店にはカウンターとテーブル席があって、津川と友人はテーブル席にいた。その会話を耳にしたのは、友人がトイレに立ったとき、津川の後ろの席からだった。その席には、若いサラリーマン風の男たち三人がいた。

「この前、おもしろいフーゾクにいってきたよ。女のコがみんなメガネかけて、スーツを着てんだ」

「あ、それ、俺まだいったことないけど、知的なOLが〝売り〟ってイメクラだろ?」

「そう。女のコは一応現役OLって触れ込みなんだけどさ、それはマユツバにしてもメガネをかけてるだけでけっこういけちゃうんだよ」

「メガネ、いま流行《はや》ってんだよ。知的な女に見せるアイテムとかいってさ、コンタクトやめてメガネにするとか伊達《だて》メガネかけるとか。タレントやモデル、それにAVとかフーゾクでまで流行ってるってよ」

「実際その店の女のコたちも、メガネとスーツで決めてると知的なOLって感じに見えちゃうんだ。で、そのままフェラなんてされちゃうと、マジに効いちゃうんだよ、これが」

三人の話を聞くともなしに聞いていた津川が驚くと同時に耳をそばだてたのは、このあと彼らのうちの一人が妻の名前を口にしたときだった。

「メガネっていえばさ、ニュースキャスターの沢田祥子って、いいセンいってんじゃないの」

妻の祥子は津川と結婚してからも旧姓の「沢田」で仕事をつづけている。

「ああ、俺、ファンなんだよ。メガネをかけてる彼女、知的で、それでなんていうか、大人の女の色っぽさもあってさ、見てるだけてゾクゾクしちゃうんだよな」

「それをいうなら、それでフェラされてるとこ想像したら、だろ？」

「当たり！」

「じつは俺もそうなんだけどさ、そういう彼女のファン、多いみたいだよ。それで彼女がキャスターやってる『ニュース・サイト』、視聴率上がってんだって」

「ファンの男どもはみんな、テレビに映ってる彼女見て、ニュースなんかそっちのけでエッチなことを想像してるってわけだ」

「だけど彼女、実生活ではどんなエッチしてんだろうな」

「彼女もう人妻で、三十半ばだろ？」

「ああ。確か三十五のはずだよ」

「熟れ熟れの人妻だもの。けっこうやらしいエッチしてるよ。それこそ、メガネかけたまま夫のモノをしゃぶっちゃうとかさ」

「あ、でも彼女の夫、すげえカタブツみたいだぜ。××省のキャリアでエリートらしいけど、結婚するまで童貞だったんじゃないかっていわれるぐらい超真面目なんだってよ」

「おまえ、よく知ってるな」

「スポーツ紙かなんかに出てたよ」

「でも結婚したとき、夫は何歳だったんだ?」

「彼女がいま三十五で、夫は二つか三つ年上のはずだ。で、結婚して五年だったと思うよ。てことは、結婚したとき夫は三十二、三じゃないの」

「三十二、三の、しかも女子アナを落とすような男が童貞?! なわけないだろう」

「落としたんじゃなくて、彼のほうが彼女に落とされたんじゃないの。乗っかられて童貞を奪われちゃって」

「そうか、そういうのもあるな。でもそれじゃあ沢田祥子も大変なんじゃないか。そんな夫のセックスじゃ満足させてもらえなくて、欲求不満が溜まってんじゃないの」

「いやいや、しっかり夫を仕込んで、セックスペットみたいにして楽しんでいるかもよ」

「あの妙な色っぽさはそのせいかもな」

「どっちにしても、俺なら彼女をイキまくらせてやるんだけどなァ」

「フーゾクのおネエちゃんにもいやがられる超遅漏のナニでか？」

そこで男たちはドッと卑猥《ひわい》な声で笑い合った。そのとき友人がトイレからもどってきた。

それからの津川は、友人と酒を酌《く》み交わしながら話していてもほとんど上の空だった。友人の前では努めて平静を装っていたが、腹の底では怒りが渦巻いていた。

メガネをかけた妻の祥子が、男たちからそんないやらしい眼で見られていたなんて、想ってもみなかった。まるで妻が男たちから凌辱《りようじよく》されているような感じを受けた。そのうえ津川自身まで侮辱され嘲笑《ちようしよう》されたのだ。

怒りのせいか、酒の味がひどくまずくなった。それでもふだんより量を過ごしてしまったが酔えなかった。もっともこういうときでも自制心が働いて、これ以上飲んでいると酔いつぶれそうだと感じたとたんにやめたのだが。

帰宅して風呂に入り、祥子について男たちがいっていたことを思い返しているうちに津川はうろたえた。

祥子のメガネは、テレビに出るときだけかける伊達メガネなのだが、メガネをかけることになったとき祥子が「ディレクターの軽部《かるべ》さんが『ビジュアル的にもはっきり知的なイメージを出そう』っていうのよ」と苦笑していたのを思い出したのだ。

——軽部はメガネをかけた女の魅力を知っていて、それで仕事とプライベート両方の思惑があったのではないか⁈　それでもしや祥子と……！

そんな不吉な疑念ばかりか、メガネをかけた祥子が軽部にフェラチオしているシーンまで頭に浮かんできたのだ。

津川は逆上した。嫉妬と怒りが噴き上げてきた。

ところが直後にまたうろたえた。気がつくと、いつのまにかペニスが硬くなっていたのだ。

バカな！　祥子にかぎってそんなことをするはずがない。

疑惑を振り払って浴室を出ると、ちょうど『ニュース・サイト』がはじまる十一時だった。

それからこうしてテレビで妻を見ているいまも、津川は動揺していた。妻が軽部にフェラチオをしているところを想像したとき、あろうことかペニスが硬くなっていたせいだった。

なぜそんなことになったのか、津川自身わからなかった。

だが興奮しなければペニスが硬くなることはない。ということは、妻が軽部のペニスを咥えているところを想像して自分が興奮したということにほかならない。

ところが津川自身その自覚がないのだ。いうなれば、意思を離れたところでそういうことが起きたとしか思えなかった。

そうだとしてもペニスが硬くなったことは紛《まぎ》れもない事実だった。

それに疑惑を振り払ったものの、すっかり消し去ることができたとはいいがたかった。

といっても妻のことが信じられないわけではなかった。それどころか祥子は不倫なんてする女ではない、そういうことができる女ではないという確信があった。

それなのにどうして疑惑を消し去ることができないのか。

津川は自問した。

わからない……。

そのときふと、男たちの侮辱的な会話が頭に浮かんできた。

──それじゃあ沢田祥子も大変なんじゃないか。そんな夫のセックスじゃ満足させてもらえなくて、欲求不満が溜まってんじゃないの。

そのとき津川は、どうして疑惑を消し去ることができないのか、わかったような気がした。男たちにそういわれたことが、頭にこびりついていたせいかもしれなかった。

津川は見も知らぬ男たちから「カタブツ」といわれて嘲笑された。実際、津川自身、周りからそう思われているのは知っていた。

もっとも祥子とは友人の紹介で出会って結婚したのだが、童貞だったわけではない。ただ、女の経験は乏しく、セックスに関しても自信があるとはいえなかった。

妻の祥子に対してもそうだった。すべてにおいて津川がリードするようなことはない。といって妻に主導権を握られているわけでもない。

祥子は淑やかで、アナウンサーという華やかな仕事をしているわりに性格は控えめだ。そのため結婚して五年になるいまでも、セックスのときの羞《は》じらいを失っていない。

最近になってのことだがセックスのさなか、津川は、そんな妻を見て興奮と欲情を煽られ、いままでにない、もっと刺戟的なことをしてみたくなったことがあった。

ところが持ち前の生真面目さが顔を出して、妻にいやがられたときのことが心配になり、そう思っただけで実行することはできなかった。

津川は思った。果たして祥子は俺とのセックスで満足しているんだろうか？

そんなことを自問したのは初めてだった。

セックスのときの妻のようすを思い浮かべてみた。悩ましい表情、せつなげな喘ぎ声、まちがいなく妻は感じている、歓《よろこ》んでいる。

だがあの男たちの会話を聞いたせいかもしれない。充分満足しているかどうかとなると、そう断言できる自信がない。

そのとき、ますます動揺するような考えが頭に浮かんできた。

祥子と軽部に対する疑惑が消えないのは、気持ちのどこかにそういう自信のなさがあって、無意識のうちに自分と軽部を比べていたからではないか。しかも女とセックスに関して軽部はとても敵う相手ではないことがわかっていたせいではないか。

津川は軽部と面識はないが、いつか『ニュース・サイト』のスタッフの集合写真を妻に見せられて顔は知っていた。

写真の軽部は、四十半ばという年齢よりも若く見えて、いかにも女にモテそうで、相当遊んでいそうなタイプだった。

あの軽部なら、メガネをかけた祥子に食指を動かしても不思議はない。だけど祥子がそれに応じるなんて考えられない。考えたくもない。

テレビに映っている妻を見ながら、津川はそんな想念を頭から追い払った。にもかかわらずそのときまた、メガネをかけた妻が軽部にフェラチオをしているシーンが脳裏に浮かんできた。

テレビに映っている妻と、軽部のペニスを咥えている妻がダブッた。メガネをかけている妻は、ゾクゾクするほど知的で淫らだ。

津川は身が焼け焦げるような嫉妬に襲われていた。それでいて、ペニスはこんどこそはっきり勃起していた。

2

かすかにドアの音が聞こえた。とたんに津川の胸は高鳴りはじめた。一気に緊張感に襲われた。

　午前一時五分。ほぼいつもの帰宅時刻だ。祥子が担当している『ニュース・サイト』の放送時間は午後十一時から三十分。そのあと簡単なミーティングなどをすませ、局からタクシーで十五分ほどの距離にあるマンションの自宅に帰るとこの時刻になる。

　帰宅した祥子は、この時刻大抵眠っている夫を気づかって、まず洗面所で化粧を落としてから寝室に入ってくる。

　できるだけ早く就寝したほうが美容にいいというので、帰宅してから入浴はしない。翌日の出勤は午後からなのでその前に入浴している。

　寝室で妻の帰宅を待っていた津川は、祥子がワンフロアのＬＤＫに入ってくるタイミングを計って寝室から出ていった。

　キッチンに明かりが点《つ》いて、冷蔵庫を開けている祥子の後ろ姿が見えた。テレビに出ていたときと同じベージュのスーツを着ている。いきなり後ろから声をかけるとあまりに驚かせると思い、津川はこっそりそばまでいって、妻が向き直るのを待った。

　祥子が牛乳パックを取り出して冷蔵庫の扉を閉め、津川のほうを向くと同時に

「おかえり」と声をかけた。

「キャッ！」

祥子は悲鳴をあげた。

「もうォ〜、驚かさないでよォ。心臓が止まっちゃうかと思ったじゃないの」

淑やかな祥子にしてはめずらしく、眼を剝《む》いて裏返ったような声で抗議する。

津川はあわてて謝った。

「ごめんごめん。驚かすつもりはなかったんだ。それよりびっくりさせちゃいけないと思って、振り向くのを待って声をかけたんだよ」

「だって、あなたが起きてるなんて思わないもの。どうしたの？　眠ってなかったの？」

グラスに牛乳を注ぎながら、祥子がいつもの穏やかな口調で訊く。

「ああ。今夜友達と会って飲んだんだけど、ちょっとショッキングなことがあってね」

いいながら津川はアイランド型のシステムキッチンの中に入っていった。妻が戸惑うに決まっていることをいって、いままでにないことをしようとしているために心臓がドキドキしていた。

「ショッキングなこと？」

祥子が牛乳を飲んでから、前に立った津川に訊く。津川はうなずくと妻の手からグラスを取り、後ろにまわって妻を抱き寄せた。

「あんッ、なに？　そんな、だめよ」

腕の中で祥子が戸惑ったようにいいながら身悶える。

津川はいい匂いのする妻の髪に顔をうずめた。妻に顔を見られない、そのほうがいいやすかった。

「メガネ、かけてみてくれないか」

「え——?!」

祥子が驚いた声を発した。当然だ。もういちど津川はいった。

「メガネをかけてるきみを見たいんだ」

「やだ、なによ突然……あ、でも、ショッキングなことと、なにか関係あるの？」

戸惑いながらも、勘のいい妻らしく訊いてくる。

「メガネ、ディレクターにいわれてかけることになったんだったよね」

「ええ、そうだけど……」

「ディレクターがきみにメガネをかけさせたのは、知的なイメージをアップさせるためだけじゃなくて、べつの狙いもあったんじゃないか」

「別の、狙いって？」

祥子が探るような口調で訊く。

津川は後ろから妻を抱いたまま、スーツの上着越しに両手で胸の膨らみを揉みながら、今夜のことを話した。

寝室以外の場所で津川がこういう行為におよぶのは、いままでになかったことだ。そのせいだろう。最初祥子は当惑したように「そんなァ」とか「あん、だめ」とかうわずった声を洩らして津川の手をどかそうとしたり身をくねらせたりした。だが本気でいやがって拒もうとしている感じではなかった。

それよりも津川の話が男たちの会話におよぶと、そっちのほうが気になってきたらしく、じっとしてされるがままになった。

津川は妻の胸の膨らみを揉みながら、沢田祥子のファンの男たちが、メガネをかけた祥子の知的で大人の女の色っぽさもある顔をテレビで見て、卑猥な想像をしているという部分だけを話した。津川が侮辱されたことやそのほかのことは話さなかった。

「やァね、そんないやらしいこと……だけど男の人って、みんなそうなんじゃない？」

ヒップをもじつかせながら、それまでになく艶めかしい声で妻が意外なことをいった。さっきから津川のペニスが強張ってきて、ヒップに当たっているのだ。

意外だったのは、祥子は絶対に気色わるがって憤慨するはずだと思っていた予想が外れたことだ。

津川は驚いて訊き返した。

「みんなそうって？」

「女性を見てて、いやらしいこと想像してるってこと。あなただって、そうでしょ？」

「そんな、俺はそんなことしないよ」

「勘違いしないで。わたし、そういうの、いやだっていってるんじゃないの。うん、女から見てむしろそういう男性のほうが魅力的だったりすることだってあるし……。第一あなただって、その人たちの話を聞いて、いやらしいこと想像しちゃったから、わたしにメガネかけさせてみようなんて思ったんでしょ？　だから、こんなになっちゃってるんでしょ？」

いいながら妻のほうからヒップを強張りに押しつけて腰をくねらせる。

津川は驚愕していた。今夜の妻はいつもとちがう。いつもはこんなことをいったりしたりはしない。男たちの卑猥な会話や、初めてベッド以外の場所で抱かれて胸を揉まれていることが刺戟になっているのかも……。

そう思ったらいままでになく大胆な気持ちになって、津川はいった。

「ああ、そうなんだ。メガネをかけたおまえとセックスしたくなったんだ」

いったとたんに顔が赤くなった。妻のことを思わず「おまえ」と呼んだのも、「セックスしたくなった」なんてストレートにいったのも初めてで、気恥ずかしくなったのだ。

ところが祥子のほうはなぜか固まったようになっている。――と、身をよじって津川のほうに向き直った。驚いた表情で彼を見て、

「今夜のあなた、いつものあなたじゃないみたい」

「俺もそう思うよ。いやかい？」

祥子はゆっくりかぶりを振った。ふっと、うれしそうに見える笑みを浮かべて。そして津川の手を取ると、アイランドキッチンの外に誘《いざな》った。

妻から「いつものあなたじゃない」といわれた津川だが、同じことが祥子にもいえた。今夜の妻もいつもの妻ではなかった。

ダイニングテーブルの上にバッグがあった。祥子がその中からメガネケースを取り出した。

3

「なんだか、別人みたいだ……」

メガネをかけた妻に見とれて津川はいった。興奮のせいで声がわずかにうわずっていた。テレビ以外ではメガネをかけた妻を見たことがなかったので、一瞬そう見えたのだ。

「メガネって、不思議よね。わたし、仕事でかけるまでサングラスだってあまりしたことなかったから、よけいそうなのかもしれないけど、実際わたし自身、メガネをかけるたびに別人になったみたいな気分になっちゃうの」

祥子が津川に笑いかけていう。メガネのせいか、その笑みが妙に艶めかしい。

「別人は少しオーバーにしても、変身した気分になることは確かね。で、気がついてみたら、いままでとちがう自分になってて、新しい発見とかもあったりして、意外にメガネの効果ってあるの」

「いままでとちがう自分て、例えばどんな……？」

津川は思わず訊いた。その言葉が妻と軽部の不倫を想わせたからだ。

「うーん、具体的にいうのはむずかしいけど、そうね、メガネをかけてると素の自分が隠れてる、それでガードされてるって感じがあって、すべてにおいて大胆になれるってとこかしら」

胸の中に疑惑が膨れあがっている津川には、その言葉も暗に不倫のことをいっているように聞こえ、激情を抑えられず妻を抱きしめ、唇を奪った。

かすかに祥子が呻いた。メガネをかけているので、それをよけるため津川は顔を傾けて舌を差し入れ、妻の舌にからめた。祥子は一瞬戸惑ったような反応を見せたが、すぐに舌をからめ返してきた。

キスしながら津川は両手で妻のヒップを抱え込み、引き寄せた。そのまま、タイトスカート越しにむちっとしたまるみを撫でまわす。

すでにいきり勃っているペニスが妻の下腹部に突き当たっている。それを感じてか、祥子はせつなげな鼻声を洩らして熱っぽく舌をからめてきながら腰をくねらせる。

その反応に興奮を煽られて、津川はタイトスカートを引き上げた。祥子は唇を離した。

「こんなとこで？」

息を弾ませながら訊く。

「寝室にいこうか」

津川はいった。妻さえその気になってくれればそうするつもりで。

ところが祥子は黙ってうつむいている。

ふと津川は思った。妻はいやがってるわけではないんじゃないか。それどころか寝室よりもここのほうが刺戟的だと思ってるんじゃないか。そういえば、「こんなとこで？」と訊いてきたとき、いやがってる表情ではなかった。むしろ期待しているような感じだった。

津川の本音も、ときには変わった場所のほうが刺戟的でよかった。寝室以外でのセックスなんてしたことはなかった。

津川はいった。

「たまにはこういうとこもいいんじゃないか」

「でも、明るすぎるわ」

うつむいている祥子が、恥ずかしそうな小声でいった。

やっぱり妻も変わった場所での行為を期待しているのだ。そう思ったら、津川はますます興奮を煽られた。それも新鮮な興奮を。

「じゃありビングのほうにいこう」

津川は妻の肩を抱いてうながした。リビングのスペースは薄暗い。

祥子は黙って従った。

途中、リビングの片隅に立っているフロアスタンドの明かりを、津川はレベルを落として点けた。ほんのりと明るくなったが、祥子はなにもいわなかった。

リビングの中央までいくと、津川は後ろから妻を抱いた。

メガネをかけてスーツを着たままでフェラチオしてほしいという思いが津川にはあった。だがいきなり、それも妻と向き合った状態でそんなことを求めるなんて、自分には到底できない。妻を感じさせたところで思いきっていおうと考えていた。

津川は祥子の後ろから左手でスーツの上着越しに胸の膨らみを揉みながら、右手でスカートの中をまさぐった。

パンストの下に手を差し入れ、そのままショーツの中に入れる。いままでにない状況のせいで、手がヘアに触れただけでカッと全身が熱くなるような興奮に見舞われた。

さらに手を股間に侵入させた。濡れた感触があった。それもビチョッとしている。

祥子も興奮して、もうこんなに濡れちゃってたんだ！

津川は驚き、歓喜した。強張っているペニスがズキンとうずいてヒクついた。

女の経験が乏しい津川だから、女の濡れ方についてどうこうはいえないが、祥子は濡れやすいほうなのではないかと思っていた。それでもいまのように早々と、しかも派手に濡れていたことはこれまでなかった。

「すごいよ。もうビチョビチョになってるぞ」

これまでいったことがないことを津川は口にした。驚きと歓喜と興奮の成せる業だった。

「いやッ……だって、あなたがいやらしい話をするから……」

妻が腰をくねらせて、これまたいままで聞いたこともないような甘ったるい声でいう。

津川が聞かせた男たちの話に刺戟されて、あのときから濡れていたらしい。

そのことも津川を驚かせたが同時に嫉妬もさせて、それが引き金になった。

「祥子、このままでフェラチオしてくれないか」

津川は思いきっていった。濡れそぼった秘苑に触れている手でそこを愛撫するのも忘れて。

祥子が一呼吸おいてゆっくり向き直った。咎《とが》められるのではないかと津川が緊張していると、

「このままって、どういうこと？」

やさしい口調で訊く。フロアスタンドの柔らかい明かりを浴びたその顔は上気して、メガネ越しに夫を見る眼が妖しく潤んでいる。

そのようすに勢いを得て、津川はいった。

「スーツを着てメガネをかけて、そう、テレビに出ているときと同じ、いまの格好でってことだよ」

「やだ、あなたがそんなことをいうなんて、信じられない……」

いやがるどころか色っぽい笑みを浮かべて、どこか嬉しそうに妻がいう。

「してくれるんだな」

津川が気負い込んでいうと、祥子はなぜか硬い表情になってうなずき、ひざまずいていく。

妻が両手をパジャマのズボンにかけるのを見て津川は、硬い表情は興奮の証か

もしれないと思った。

パジャマのズボンとトランクスが一緒に下げられた。ブルンと大きく跳ねてペニスが露出し、祥子が喘いだ。

津川は刺戟的な性夢を見ているような気持ちで見下ろしていた。いま目の前で起きていることを現実のことだとはっきり認識したのは、勃起している肉茎に両手を添えた妻が、亀頭にねっとりと舌をからめてきて、ゾクッと身ぶるいする快感に襲われたときだった。

繊細でシャープなシルバーのメタルフレームのメガネをかけてスーツ姿のままの妻が——というより知的で大人の女の色気もあるというので人気があるニュースキャスターの沢田祥子が、夢中になって俺のペニスを舐めまわしている。

あの男たちも、ほかのファンの男たちもテレビで祥子を見て、こんな祥子を想像してペニスをうずかせているのだ。ざまあみろ。いま俺はおまえたちが夢見てることを実際にやっているのだ。メガネをかけた知的な祥子に、ペニスをしゃぶらせているのだ。

妻を食い入るように見てそう思っているうちに異常なほど興奮をかきたてられて、津川は早々に快感をこらえられなくなってきた。

それを知ってか知らずか、妻はときおりせつなげな鼻声を洩らしながら、ペニスを咥えて顔を振ったり、口から出して舐めまわしたりしている。

津川は妻からこんなに濃厚なフェラチオを受けるのは初めてだった。フェラチオをしながら妻がこんなに悩ましい声を洩らすのを聞くのも。

それだけ妻も興奮して感じているからにちがいない。それにメガネをかけてよけいに知的に見える妻がそんなフェラチオをしているのがすごく淫らで、たまらなくいやらしい。

もう我慢できない。津川は両手で祥子の顔を挟むと腰を引いた。つるっと口から出た怒張が大きく跳ねて、祥子が喘いだ。

祥子は興奮に酔って放心したような表情で座っている。興奮が下半身にきて、へたり込んでいるという感じだ。

津川はリビングテーブルを脇に移動し、そこに敷いてあるセンターラグの上に祥子を仰向けに寝かせた。とっさの思いつきだった。

そのとき、さらに刺戟的な考えが閃《ひらめ》いて、津川自身驚いた。いままでこういうときにこんな思いつきや考えが頭に浮かぶなんてことはなかったからだ。そもそもあまり考えようともしなかった。

「このまま、じっとしててくれ」

そういって妻のスーツの上着の前をはだけた。シャツのボタンを外していく。淡いピンク色のブラが現れた。

「どうするの？」

祥子が訝《いぶか》しがってというより、期待してときめいているような表情をしている。

「全部脱ぐよりこのほうが刺戟的だろ」

いうなり津川は左右のブラカップを引き下げた。

ブルンと弾んで乳房がこぼれ出ると同時に、祥子は両手で胸を隠した。

「あッ、だめ」

そのままにして津川は妻の下半身のほうにまわり、タイトスカートを両手で腰の上まで押し上げた。

「そんなァ、やだァ……」

祥子がいやがっているというには程遠い甘い声をあげて腰をひねった。

肌色のパンストの下にブラと同じ淡いピンク色のショーツが透けている、むっちりとした腰を見て、津川はゾクゾクしながらパンストに両手をかけた。そのままずり下げて、ショーツごと脱がしていく。

祥子はメガネをかけた顔をそむけて両手で胸を隠し、むき出しの下半身をよじっている。恥ずかしそうなようすだが、顔には興奮と期待が強まったような色が浮かんでいる。

「こんどは俺が口でしてあげるよ」

そういって津川は妻の膝を開き、両脚の間に軀を入れた。

「あ、だめッ、お風呂入ってないからだめよッ」

祥子はあわてて両手で股間を押さえ、狼狽しきっていった。

「そんなのかまわないよ」

津川は妻の両手をつかむと、強引に股間から離した。

「そんなッ。だめよ、わたしはもういいのッ。ねッ、もうきてッ」

両脚で津川を挟みつけた祥子が、腰をうねらせて必死に懇願する。

妻がクンニリングスを本気でいやがっているのがわかって、津川は躊躇《ちゅうちょ》した。が、メガネをかけた妻の顔から下腹部に視線を移したそのとき——黒々としたヘアの下にあからさまになって濡れ光っている肉びらを眼にしたとたんに猛々《たけだけ》しい欲情が突き上げてきて、妻の股間にしゃぶりついた。

猛々しい欲情の正体は、津川には初めての経験といってもいい、サディスティックなものだった。

その欲情にまかせて攻めたてるようにクリトリスをこねまわす津川の舌に、最初こそ「だめッ、だめッ」といいながら彼の頭を手で押しやろうとしていた祥子だが、すぐにきれぎれに感泣を洩らしはじめた。

舌を躍らせながら津川が上目遣いに見ると、両腕をひろげて、手でセンターラグをつかもうとするような動きを見せながら、ブラカップで押し上げられて突き出した格好になっている乳房を繰り返し反らせている。

「アアッ、いいッ、あなたァ、いいのォ。アア〜、もうイッちゃう〜」

祥子がよがり泣きながら絶頂がちかいことを訴える。いままでクンニリングスでこんなに乱れたことはなかった。もっとも津川のほうもこんなに攻めたてるようなクンニリングスをしたことはなかった。

妻の反応に興奮を煽られると同時に気をよくした津川は、トドメを刺すように勃起したクリトリスを激しく舌で弾いた。

「アアだめッ、イクッ——！」

祥子が振り絞るような声を放ってのけぞった。「イクイクッ」と絶頂を訴えてよがり泣きながら腰を律動させる……。

津川は上体を起こした。興奮しきった表情で息を弾ませている妻を見ながら、手早くパジャマのズボンとトランクスを脱ぎ捨てると、いきり勃っているペニスを手に、亀頭を肉びらの間にこすりつけた。

「アンッ、だめッ。アアンッ、あなた、もうだめッ。きてッ」

亀頭でヌルヌルしたクレバスをこする津川に、妻が苦悶の表情を浮かべて腰を振りたてながらうろたえたようにいう。

津川自身、こうやって妻を嬲《なぶ》って焦《じ》らすのは、初めてだった。まだメガネをかけたままいやらしく腰を振って求める妻が、別人のように見える。

いまならどんなことでもできそうな気がして、ペニスでクレバスをこすりながら津川は訊いた。

「いいのか?」

「いいのッ。もうきてッ。おねがいッ、もうちょうだいッ」

祥子がすがるような表情で懇願する。

津川は訊いた。

「どうしてほしいんだ？」

「ウンッ、いやッ。わかってるでしょ。あなたの、ほしいの、ちょうだいッ」

祥子が腰を律動させて焦れったそうにいう。

そのようすに興奮を煽られて、津川は亀頭で膣口をこねながらさらに訊いた。

「俺のなにがほしいんだ？」

「ペニス……」

祥子が必死の表情でいう。口をきくのがやっというようすで、それにもどかしくてたまらなそうに腰をうねらせたりくねらせたりしている。

津川はもう歯止めがきかなかった。

「ペニスをどうしてほしんだ？」

「いやッ、入れてッ」

これ以上ないような悩ましい表情で妻が求める。しかも津川が初めて聞くストレートな言葉で。それがさらに津川の興奮を煽った。

「俺のペニスを、どこに入れてほしいんだ？」

「アソコ、アソコに入れてッ」

妻が息を弾ませていう。

「アソコより、もっといやらしい言い方があるだろ？」

「そんな、いや……」

祥子はかぶりを振った。さすがに戸惑いと恥ずかしさが入り混じったような表情をしている。そのようすを見て津川は、妻がその卑猥な言葉を知っているのだと思った。

「いわなきゃ入れてやらないぞ。それでもいいのか」

いいながら亀頭で膨れあがっている肉芽をこすり、うずいているはずの秘口をこねると、

「アアッ、だめッ、アアンもう、ペニス、オ××コに入れてッ」

たまりかねたように妻がいった。

それを聞いた瞬間、津川は逆上するほど興奮して、妻の中に押し入った。

ヌル～ッと、熱く潤んだ蜜壺に肉棒が滑り込んだ。津川が身も心もとろけるような快感に襲われたのと同時に大きく反り返った妻が、「アアッ、イクッ！」と呻くような声を放った。

津川は怒張を抽送《ちゅうそう》した。

それに合わせて祥子が感じ入ったような喘ぎ声を洩らす。メガネをかけている

その顔には、津川が初めて見る艶めかしい色が浮き立っている。

4

これがもう最後だから……。

上昇していくエレベーターのインジケーターを見上げながら、沢田祥子はそう自分に言い聞かせた。

ディレクターの軽部と関係を持つようになったのは、二年前に『ニュース・サイト』を担当することになって、ちょうど一年ほど経ってからだった。

きっかけは、軽部に「ビジュアル的にもはっきり知的なイメージを出そう」といわれてかけることになったメガネだった。

軽部に連れられてメガネ店にいってフレームを選び、取り寄せとなった色違いのメガネを後日また彼と一緒に取りにいった、その帰りのこと――あとで思えば最初から軽部にはメガネをダシに祥子を口説き落とそうという思惑があったのだ――。ホテルのラウンジで祥子にメガネをかけさせると、女に関して手練《てだれ》の四十男はセックスにまつわる話を織り交ぜながら祥子を口説いた。

その話の中に、いまでも祥子の耳に残っている文句があった。

「祥子ちゃん、メガネかけたら変身した気分だろ？　店で鏡見てるとき、そんな表情してたよ。ね、メガネをかけて変身した沢田祥子の、もう一つの顔、俺に見せてよ。知的な顔と淫らな顔。そういうの、男はたまらないんだよ」

そういったあとで、軽部は耳元で囁いた。

「例えば、メガネをかけたその知的な顔で、俺のアレをしゃぶってくれるとか、さ」

ふつうなら憤慨するのもばかばかしくなるようなひどい言葉だが、そのときの祥子はふつうではなかった。

それに軽部にいわれたとおり、メガネをかけたことで変身したような気分になっていただけでもなかった。まるで定食メニューのような夫のセックスへの不満から刺戟をほしがっていた。そのために軽部の露骨でいやらしい言葉が、抗しきれない官能的な誘惑の囁きとなってしまったのだ。

それ以来、週に一度か二度のペースで、祥子は軽部との関係をつづけてきた。逢うのはいつもテレビ局に出る前の昼下がり、ホテルの部屋と決まっていた。そしてそのときだけ祥子はラフな服を着て帽子を被り、あまりしないサングラスをかけることにしていた。

ふたりの関係は、軽部も結婚していて、W不倫のそれだった。恋だの愛だのといった感情や気持ちは、そこにはなかった。あるのは刺戟的なセックスを愉《たの》しみたいという欲望だけだった。

セックスの面では不満があっても祥子は夫のことが嫌いではなかった。人間的に尊敬できたし、結婚相手としてもセックスを除けば不満はなかった。

だから軽部との関係が生じてからは罪の意識を持ちつづけていた。軽部と逢うとき――とりわけホテルに着いてからエレベーターに乗り、部屋に入るまでの間、いつも胸が痛んだ。そしてその反動から、軽部とのセックスでは夫との間にはない奔放《ほんぽう》さと貪欲さをあらわにして愉しんだ。

そんな軽部との関係をもう終わりにしよう、終わりにしなければいけないと祥子に決意させたのは、夫の突然の、それも信じられないような変わりようだった。

夫を変えたのは、皮肉というか、祥子が軽部と関係を持つきっかけとなった、それこそメガネによる変身だった。

軽部から連絡を受けた部屋の前に立って、祥子は大きく息を吸い、ゆっくりと吐き出した。今日は部屋に入ってからも胸の痛みは消えそうになかった。

チャイムを鳴らすと、ほどなくドアが開き、軽部が笑いかけてきた。

祥子は部屋に入った。ツインルームの中に、レースのカーテン越しに秋の陽が差し込んでいた。

「飲む？」

冷蔵庫の上から飲みかけらしい缶ビールを手にして、軽部が訊いた。帽子を取り、サングラスを外した祥子は、いらないとかぶりを振った。

軽部は白いバスローブをまとっている。先にホテルの部屋にきてシャワーを浴び、バスローブを着て祥子を待つ。いつものことだった。

祥子のほうは自宅を出る前に入浴してくる。そのとき、夫はとっくに出勤していて、いない。

「だけど、本当にダンナ疑ってるのか？」

椅子に座っている祥子のそばのベッドの端に腰を下ろした軽部が、缶ビールを一口飲んでからいった。

昨日、祥子はテレビ局で軽部に、もう逢えない、終わりにしたいと切り出したのだ。夫がふたりの関係を疑っているから、と。

軽部は驚いて、どうしてそうだとわかるのか訊いてきた。

それで祥子は、夫が聞いた、居酒屋での客の男たちの、祥子にまつわる会話のことを軽部に話した。それがきっかけで夫が、軽部が祥子にメガネをかけさせたのはべつの狙いもあったのではないかと疑いはじめていることも。

ところが軽部は、そんなのは思い過ごしだといって取り合わなかった。

だが祥子はそうは思わなかった。というより思えなかった。夫はまちがいなく軽部との関係を疑っている。ほぼそう確信していた。でなければ、先日の夜のような行為はありえない。

それればかりか、これでこのまま軽部との関係をつづけていたら、夫との関係がおかしくなってしまう。そんな危惧《きぐ》も抱いていた。

だから別れを切り出した祥子の決意は固く、そのことを重ねて軽部に話し、おたがいのためにも、もう終わりにしたほうがいいと説得を試みた。というのも軽部の妻はテレビ局の次期社長といわれている重役の娘で、軽部もそこを突かれると弱いのを知っていたからだ。

結果、軽部はしぶしぶ祥子の話を聞き入れた。だが、そのかわりに条件を出してきた。最後にもう一度逢いたいというのだ。そこで祥子は仕方なく条件を呑んだのだった。

「きっと疑ってるわ。そうじゃないとあんなこといわないもの」

祥子はいった。夫とのセックスのことはもちろんいえなかったし、いうつもりもなかった。

「でも祥子のダンナ、男と女のことには鈍いんじゃなかったっけ?」

軽部が笑っていった。嘲《あざけ》るような笑いだった。

祥子がそういったわけではなかった。夫については「ベッドの中でも真面目なタイプ」としか軽部にはいっていない。その言葉から軽部はそう思っていたのだろうが、夫が嘲笑されて祥子は内心ムッとした。いままでだったら、そこまで感情的にはならなかったかもしれない。

「それより、俺思ったんだけどさ」

軽部がいった。

「ダンナ、メガネをかけた祥子のことをいろいろと聞いてきたらしいけど、まさか祥子に同じことをさせたんじゃないだろうな。メガネかけさせてフェラさせるとか」

「よして!」

祥子は強い口調で遮《さえぎ》った。

軽部はちょっと驚いたような表情を見せたが、すぐにまたふっと笑って、

「ま、カタブツのダンナじゃそれはないか。だけど祥子は俺と別れて、それでいいのか。フラストレーションが溜まっちゃうんじゃないか」

「ご心配なく。わたしのことよりご自分のことを心配なさったら。軽部さんどうせまた、ほかの女性と浮気するでしょうから、くれぐれも奥さまにバレないようにお気をつけて」

祥子は努めて冷静さを保ってやり返した。

軽部は苦笑した。が、真顔になって祥子の顔を覗き込むと、

「ホントにこれで最後にするつもりか？」

「ええ」

きっぱりと祥子は答えた。

がっかりしたような顔をして軽部は溜息をついた。だがすぐに気を取り直したような表情になって、

「じゃあ脱いで」

と命じた。その眼に欲情の色が現れていた。後先のことよりも目の前のことを

優先するのが、軽部という男だった。

祥子は椅子から立って、いわれたとおりにした。上着、シャツ、パンツの順に脱いでいく。この日はパンツスーツを着ていた。軽部と密会するとき、これまではいつもスカートを穿いたラフな恰好だったが、そうしなかったところにこれを最後にしようという祥子の意志が働いていた。

「なんだ、最後だっていうのにいつもの下着じゃないのか」

下着姿になったとき、軽部が不満そうにいった。軽部が好きな下着をつけてこなかったのは、これも祥子の意志の表れだった。

「しょうがないな。だったら全部取っちゃって」

パンストを脱ぐと、いわれたとおり黒いブラとショーツを取って全裸になり、両手で胸と下腹部を隠した。

「最後だから一番思い出に残る刺戟的なことをしよう。俺も祥子を見るたびに今日を思い出したいから」

祥子のそばに立った軽部が思わせぶりにいうと、さらに耳元で囁いた。

「いやッ」

思わず祥子はいった。カッと頬が火照った。メガネをかけてオナニーするんだ、と軽部は命じたのだ。

　これまで軽部との情事の中にはＳＭっぽい行為などもあった。メガネをかけてオナニーさせられたことも何度かあったが、初めて人前でオナニーさせられた祥子にとってそれが一番恥ずかしくていたたまれない行為だった。

　祥子のそばを離れた軽部が鞄からなにか取り出してもどってきた。それがなにか、祥子にはわかっていた。案の定、軽部が手にしているのは、勃起したペニスを模《も》した、黒いバイブレーターだった。

「さ、祥子の思いきりいやらしいところを見せてくれよ。そうしてくれなきゃ俺の踏ん切りがつかないんだ、祥子をあきらめきれないんだよ」

　顔をそむけた祥子の前にバイブを突きつけて、軽部が熱っぽくいう。さ、ともう一度うながされて、祥子はしぶしぶバイブを手にした。この場から早く解放されるためには、そうするしかなかった。

　軽部の視線が全裸の軀を舐めまわすのを感じてふるえそうになりながら、祥子は自分のバッグからメガネケースを取り出し、いつものシルバーのメタルフレームのメガネをかけるとベッドに上がった。

　ベッドに仰向けに寝ると、足元側の床に軽部が立ってバスローブの前をはだけた。むき出しになったペニスは、エレクトしかけている。

いったんはペニスから顔をそむけた祥子だが、ふと挑戦的な気持ちになってペニスを見て、そのまま両膝を立て、ゆっくり開いていった。そんな気持ちになったのは初めてだった。

股間を露呈すると、いやでも軽部の視線が秘苑に突き刺さってくるのを感じて膣が熱くざわめき、軀がふるえ、かろうじて声を殺して喘いだ。

もう濡れてきているのが、祥子自身わかった。勝手に膣がうごめいて蜜があふれ出している。

祥子はうろたえながら軽部を見た。軽部はいやらしい笑みを浮かべて祥子を見ている。カッと全身が火になって、祥子はバイブのスイッチを入れた。

この先に待っている抗しがたい快感とそれに翻弄されて演じることになる狂態が脳裏に浮かび、頭がクラクラする。

祥子は自暴自棄になって、眼をつむると電動音を響かせているバイブの先を秘苑に這わせていった。

クロゼットの中で着替えながら祥子はふと、いまさらながら自分がひどく淫らな女になったような気がしてうろたえた。昼間軽部と逢ったその夜に、夫ともセックスをしようとしているからだった。

だが軽部とはもう終わった。そして夫はあの夜以来ここ三日間毎夜、まるでセックスにめざめた若者のように祥子を求めてくる。しかも人が変わったようにいやらしくなり、刺戟的なセックスをするようになって……。

祥子は鏡を見た。全身が映る鏡に、メガネをかけて煽情的なスタイルの黒い下着をつけた「沢田祥子」が映っている。

シースルーのブラとショーツ、それにガーターベルトにストッキングという黒ずくめの下着が、艶めかしく熟れた三十五歳の裸身をよけいに悩殺的に見せている。

その下着は軽部と逢うときにつけていたもので、そんなことはもちろん、そんな下着があることも夫は知らない。

こんな下着姿を見たら、夫はどんな顔をするかしら……。

祥子は鏡の「沢田祥子」に笑いかけると、クロゼットから出た。

夫はリビングで待っている。寝室を通り抜けてリビングにいくと、夫が弾かれたように立ち上がった。祥子を見る眼が点になっている。祥子は嬉しさを込めて夫にとびきり色っぽく笑いかけながら、歩み寄っていった。

罪つくりな夏

1

焼けつくような陽差しが照りつける中、パワーショベルで土を掘り返している宮野《みやの》を、この日も真利子《まりこ》は寝室のカーテンの隙間からこっそり見ていた。

ヘルメットの下に覗いている野性的な顔……モスグリーンのランニングシャツから露出している逞《たくま》しい肩、腕……シャツを盛り上げている厚い胸板……躍動する筋肉……。

顔をはじめ露出している肌は赤銅色《しゃくどういろ》に日焼けして汗で光り、シャツにも汗のシミがひろがっている。

寝室にはクーラーが効いているにもかかわらず、さきほどから真利子は軀が熱くなって汗ばんでいた。

それがいまや膣がうずきはじめ、息苦しくなってきた。宮野を見ているうちに彼とのセックスを想像していたからだった。

初めてのことではなかった。

これまで空き地だった、道路を隔てた真向かいの土地に住宅が新築されることになり、パワーショベルが入ったのは四日前のことだ。

翌日、小学一年生の息子が作業員ふうの男に連れられて、泣きべそをかきながらもどってきた。近所の同級生の友達もついてきていた。男はヘルメットを被り、黒いランニングシャツ、ベージュ色の作業ズボンに編み上げ靴という格好だった。

息子は向かいの工事現場の前で自転車で転び、膝を擦《す》りむいて泣いていたらしい。それを工事現場にいた男が見て抱き起こし、連れてきてくれたのだった。

真利子は男に礼をいい、名前を訊いた。

男は、「宮野」と名乗った。歳は二十代半ばの感じだった。工事現場にきているトラックに「宮野土木」と書かれていたのを見ていた真利子は、驚いて訊いた。

「お若いのに土木会社の社長さんなんですか?」

「いえ、社長は親父です」

宮野は笑って答えた。

宮野が帰り、息子の傷の手当てをしたあと、真利子は気持ちが高揚しているのに気づいた。二階に上がり、寝室から向かいの工事現場を見た。炎天下、ほかの作業員は長袖の作業着を着ていたが、パワーショベルの運転席には日除けがついているからか、宮野だけは上半身ランニングシャツのままだった。

その宮野を見ているうちに、真利子はいつのまにかセックスを想像していた。宮野の野性的な顔や逞しい軀や躍動する筋肉に、動物的な〝雄〟を感じた。それがきっかけだった。

これには真利子自身戸惑い、当惑した。こんなことはこれまでになく、初めてのことだった。

しかも、それをきっかけに宮野の裸やペニス、それに彼とのセックスまでを想像していたのだ。

その間に軀が火照ってうずいてきていた。当然のことに興奮していた。

真利子は我慢できなかった。肩で息をしながら、手をスカートの下に入れ、さらにショーツの中に差し入れて、秘苑に這わせた。

すでにわかっていたが、そこはもういやらしいほど濡れていた。それどころか、これもさっきから感じていたが、その中がたまらないほどうずいてうごめいていた。

真利子は寝室の窓辺に立ったまま、カーテンの隙間から宮野を見て、彼とのセックスシーンを想像しながらオナニーした。

夫がいる身でありながら、このところ真利子はときどきオナニーをしていた。原因は夫とのセックスにあった。

一年ほど前から、夫の精力が目に見えて衰えてきた。セックスの回数は月に二、三回あるものの、夫としての義務を果たしているだけの感じで、なにより勃起する力も弱くなり、挿入してからの持久力がまったくなく、あっけなく果ててしまうのだ。そのため真利子はいつも置き去りにされて、満たされない。

夫は三十六歳。この歳でここまで精力が衰えてしまうものなのか、どうにも真利子には解《げ》せない。それよりも結婚して八年になることのほうが問題で、よくいう倦怠期《けんたいき》のせいなのかもしれない。もしそうなら、そのうち回復するのではないか。そう思って我慢していた。

ところがその間に真利子の欲求不満は確実に膨らんできていた。しかも三十四歳の女盛り。夫に置き去りにされた翌日などはとくに軀がうずいて、ひとりきりの昼間、指やシャワーでそれを解消せずにはいられない。

そのことに真利子自身、困惑していた。オナニーなんて最後にしたのがいつだったか思い出せないほどだった。それも独身のときのことで、まさか結婚してからするとは想いもしなかった。

それだけではない。むしろそれよりも真利子が困惑したのは、オナニーしながら想像するセックスシーンだった。それはこれまでに経験などしたことがない淫らなシーンばかりだった。

例えば、男に無理やり犯されたり、硬いペニスを抜き挿しされながらいやらしいことをいわれたりいわされたり、動物的な後背位で突きたてられたり……。

そんなシーンを想像して、ひどく興奮するのだ。

なぜ後背位を想像するのか、真利子自身、理由はわかっていた。犯される感覚やいやらしさが強いからだ。それに結婚して以来、夫と後背位でセックスしたことは一度たりとてなかったせいだった。

夫とのセックスは、正常位と決まっていた。ただ一度だけ、真利子から「わたしが上になっていい？」と訊いて、騎乗位でしたことがあった。だがその後夫が真利子を上にすることはなく、真利子からまた騎乗位を求めるのは気が引けてできなかった。ましてや「後ろからして」など、自分からはとてもいえなかった。

こんな体位の問題だけでも、夫のセックスの有り様がよく現れていた。

とはいえ欲求不満からオナニーするようになるまで真利子自身、そこまで思ったり考えたりしたことはなかった。だから自分がみるみる淫らになってしまったような気がして当惑していた。

若いときはオナニーするにしても、こんなにいやらしいことは想像しなかった、欲求不満だけでなく歳のせいもあるのかも……と思った。三十四歳という年齢の——。

ともあれ、そんな真利子にとって宮野を見ながらのオナニーは、それまでになく刺戟的で、より興奮するものだった。想像にしても、相手を見ながらするのでリアルだからだった。

それに宮野は、それまで真利子がオナニーするとき想像していた男のタイプだった。だからこそ、初めて会ったとたんに胸がざわめき、気持ちが高揚したのだった。

翌日も真利子は二階の寝室から宮野を見ていた。そのうちオナニーの誘惑にかられたが、ちょうどそのとき遊びにいっていた息子が帰ってきたため、できなかった。

そして今日……息子は今日も近所の友達の家に遊びにいっていた。真利子がいかせたのだった。

2

汗だくになってパワーショベルを操縦している宮野を見ながら、真利子はスカートの中に右手を差し入れた。

そのつもりで、下着はつけていなかった。

いきなりヘアが手に触れた。

淫らな感じがして、ますます興奮する。

指をクレバスに這わせた。

ビチョッとするほど、濡れている。

『奥さん、いやらしいなァ。もうビチョビチョじゃないか』

宮野がそういって無骨な指で真利子の秘所を弄《いじ》るのを想像しながら、クリトリスをこねる。左手ではTシャツとブラ越しに乳房を揉む。

『ああッ、いや……』

身ぶるいする快感で、胸の中で発した声もふるえる。

クリトリスは早くもビンビンに膨れあがっている。乳房も張って乳首が勃ってきているのがわかる。

『ほら奥さん、クリはもうビンビンだよ。乳首も勃ってる。いいんだろ？』

宮野が卑猥な声で訊く。

真利子は答える。

『いいの、たまらないの』

『ホント、そんな感じの腰つきをしてるよ。でも奥さんてスケベだから、指で弄られるより舐めてほしいんだろ？』

『そうよ。いやらしく舐めて、もっとよくして』

宮野の肉厚ぎみな唇を見ながら、そんな卑猥な会話を想像する。真利子自身、実際には口にしたこともない下品な言葉ばかりだ。それでさらに興奮する。

宮野が秘苑にしゃぶりついてくる。牛のような舌で舐めまわす。クリトリスをこね、弾く。

生々しい想像に合わせて真利子は指を使う。恐ろしいほどいきり勃っている宮野のペニスが脳裏に浮かぶ。それを貪るようにしゃぶり、咥えてしごく。

頭がクラクラして膝がわななく。立っていられなくなって窓にもたれ、乳房を揉んでいた左手も股間に差し向ける。

『ああッ、もうだめッ、してッ』

『どうしてほしいんだ？』

宮野が訊く。

『〇〇〇〇してッ。あなたの硬いペニス入れてッ』

真利子は猥褻《わいせつ》な言葉で求める。興奮が最高潮に達する。左手の中指を膣に挿入し、熱くぬかるんだ中をこねまわしながら、同時に右手の中指でクリトリスをこすりたてる。そのまま、昇りつめていく。


オナニーで達したあとの軀は汗ばんでいた。シャワーを浴びようと思い、真利子は洗面所兼脱衣場に入った。

全裸になって、鏡の前に立った。

まだ興奮が醒めやらないせいで、鏡に映った顔は上気している。興奮の名残《なごり》は軀にもあって、乳首が勃ったままで、裸身そのものが艶めいて見える。

もともとプロポーションはいい。さすがに二十代半ば頃までのみずみずしさや張りはないが、三十四歳で小学一年生の子供の母親にしてはまだまだ捨てたものではないと、真利子自身密かに自信を持っていた。それも若いときにはなかった色っぽさが軀全体に滲み出てきているからだった。

真利子はふと思った。

(もしもあの宮野って子がこの軀を見たら、どんな反応をするかしら)

カッと軀が熱くなった。

(なんてバカなことを……そんなこと、あるわけないのに、どうかしてるわ)

自嘲しながら真利子は浴室に入った。

その夜、夫が珍しく真利子のベッドに入ってきた。およそ二週間ぶりだった。

初めて宮野を見ながらオナニーした一昨日、真利子は夫が求めてくれることを期待した。昼間のオナニーがこれまでになく刺戟的だったからだ。

ところが夫はすぐに寝てしまった。そんな夫を見て恨めしく思っているうちにますます軀がうずいてきて、悶々としてなかなか眠れなかった。

この夜も期待していたらはぐらかされる可能性が高いと思い、期待はしなかった。

それだけに嬉しくて胸がときめいた。

夫は真利子のパジャマの上着を脱がせ、胸に顔を埋《うず》めてきた。乳房を両手で揉みながら、乳首を口で吸ったり舌で転がしたりする。

いつもと変わらない仕方だが、真利子はいままでになく感じた。気持ちが昂ぶって軀も過敏になっていたせいだった。

乳房への愛撫はそこそこに夫は真利子のパジャマのズボンとショーツを一緒に脱がせ、自分も裸になる。

真利子はちらっと夫の股間を見た。ペニスはまだ萎えたままだった。ふと、いなり寿司に似ていると思った。

夫が添い寝する格好でまた胸に顔を埋めてくる。乳首を吸ったり舐めまわしたりしながら、手で秘苑をまさぐる。

そこはもう濡れそぼっていた。そのことを夫はどう思っているのか、それともなんとも思っていないのか、黙ったままクリトリスを指にとらえてこねる。

いつもなら指より口でしてほしいと思う真利子だが、過敏になっている今夜は指でも不満はなかった。

「ああッ、あなた、いいッ」

真利子は快感を訴えた。すると夫は起き上がった。いまの一言でもう充分真利子が感じていると思ったらしい。黙ってフェラチオを求めてきた。

早漏ぎみになってからの夫は、義務を果たしているのだからそこまでしなくてもいいとでも思っているのか、真利子にクンニリングスをしなくなった。そのくせ自分は真利子にフェラチオはさせるのだった。

真利子は〝いなり寿司〟を咥えた。まだ硬くなっていないので舐めまわすことはできない。吸いたてたり、舌でくすぐりたてたりする。

そのとき、宮野のことが脳裏に浮かんできた。野性的な顔、逞しい軀……夫とは正反対のタイプだった。

宮野は肉体労働者だが夫は厚労省のキャリア。結婚した当時は二枚目でスリムな体型だったが、仕事のストレスからか、わずか八年のうちに顔にも軀にも肉がついて、全体にぽっちゃりとした感じになっている。

いくらか強張ってきた夫のペニスを咥えてしごきながら、真利子は思った。

(あの宮野って子のペニスはこんなんじゃなくて、もうとっくにビンビンになってるはずだわ。しかも怖いくらい大きくて逞しいんじゃないかしら)

夫が腰を引いた。真利子を仰向けに寝かせると両脚の間に腰を入れ、まだ充分に勃起していないペニスでクレバスをまさぐってくる。いつものことだった。相互に関係しているのだろう。力強く勃起することがなくなるのと一緒に早漏になってきた。

ペニスが膣口をこすりたてる。夫が焦らしているわけではない。そうやって勃起不十分のペニスをなんとか挿入しようとしているだけなのだ。

ただ、真利子にとってこれは悪くなかった。ゾクゾクする快感と焦れったさをかきたてられて、たまらず悩ましい喘ぎ声を洩らして腰をうねらせずにはいられない。

ヌルッとペニスが入ってきた。焦らされたぶん、強い快感があった。

すぐに夫がグイグイ突きたててきた。が、硬さがあまり感じられず、そのため抜き挿しされる感覚も弱い。

夫の息遣いが荒くなってきた。射精が迫っている。夫の懸命さを感じて真利子も性感が高まってきた。

「イクぞ！」

真利子の耳元で夫が切迫した声を発した。

『待って！』

真利子は思わず胸の中で叫んだ。

だがほとんど同時に夫が呻き、射精した。といっても呻き声の感じで射精したとわかっただけで、真利子には迸《ほとばし》るものは感じられなかった。おそらく、精液がトロトロ流れ出たのだろう。

行為のあと、夫はすぐに眠りに就いた。

いつものことながら、真利子は軀が火照ってうずいて眠れなかった。指で解消したくてたまらないのを必死にこらえ、うずきが収まるのを待っていた。

こういうとき、これまでオナニーしたことはなかった。ひとりのときならまだしも、夫が眠っている横でするのは、さすがに抵抗があった。

真利子はセックスとは関係のないことを考えた。子供が小学生になったら、また仕事をしたいと思っていた。

真利子は結婚するまで航空会社でキャビン・アテンダントとして働いていた。そのときの先輩がスペインのファッションブランドの代理店をやっていて、よかったら手伝ってほしいといわれているのだった。

(気分転換にしても、ちょうどいい機会かもしれない……)

そう思ったとき、ガッとひと声、夫のイビキが聞こえた。

真利子は苦笑した。セックス以外はこれといって問題のない夫だった。セックスの不満は深刻な悩みの種だが、だからといって真利子の頭に離婚という選択肢はなかった。第一、息子もいる。できるだけ早く、悩みの種が消えるのを願っていた。

3

宮野が工事現場にこなくなった。どうやら基礎工事が完了して、この現場での仕事は終わったらしい。

真利子は喪失感に襲われた。密かに愛していたものを失った感じだった。気持ちに張りがなくなって、気がつくとぼんやりしていたり、そうかと思えば些細なことでカリカリして息子に当たったりすることもあった。

どうかしてる。明らかにおかしい。

真利子自身戸惑いながらそう思った。こんなことはいまだかつてないことだった。

そんなある土曜日、夫が急に出張することになり、真利子は車を運転して自宅を出た。着替えなど必要なものを夫に届けるためだった。

その前にゲリラ豪雨が襲ってきたが、幸い出かけるとき雨は小降りになっていた。

信号に引っかかって停車したとき、真利子はドキッとした。宮野が眼に留まったからだ。

つぎの瞬間、人違いかと思った。が、まちがいなかった。取引先にでもいくのか、スーツを着ていた。宮野はビルの入口で雨宿りしているようだった。

真利子は急いで車のサイドウインドウを下ろし、「宮野さん」と呼びかけた。宮野が真利子のほうを見た。すぐに気づいたらしく、駆け寄ってきた。真利子は後部座席に置いていた傘を取って差し出した。

「これ使って」

「え？　いいんですか？」

「いいの。送ってあげられればいいんだけど急いでるから」

そこで信号が青に変わった。「じゃあ」といって真利子は車をスタートさせた。バックミラーを見ると、宮野が開いた傘を持ち上げて、「ありがとう」というように上下させていた。

真利子は驚いた。まるで偶然恋人に出会ったかのように胸が弾んでいた。

ついで苦笑した。短く刈り上げた茶髪に赤銅色に日焼けした野性的な顔でスーツを着ていた宮野を想い浮かべて、どう見ても似合わない、恋人にするにはセンスがわるすぎると思ったからだった。

翌日の昼下がりだった。インターフォンが鳴って出ると、「宮野です」という声が返ってきた。

とたんに真利子の胸は高鳴った。傘を返しにきたのではないか、と思うと同時にあわててセミロングの髪を整えながら、小走りで玄関に出た。

ドアを開けると宮野が立っていた。白いTシャツにジーンズ姿で、案の定、手提げの紙袋と一緒に昨日真利子が貸した傘を持っていた。

「昨日はありがとうございました。助かりました」

宮野は礼をいってペコリと頭を下げた。

「どういたしまして。偶然宮野さんを見かけたので驚いたわ。でもスーツを着ていらっしゃったから、一瞬人違いかと思って……」

「全然似合ってなかったでしょ？　よくいわれるんですよ。友達の結婚披露宴にいく途中だったんです」

宮野は茶髪を搔きながら苦笑いしていう。

「宮野さん、結婚は？」

「してません」

「おいくつ？」

「歳ですか？　二十五です」

「宮野さんて逞しくて男っぽいから女性にモテるでしょ？　結婚の予定とかもあるんじゃないですか」

「え？　ならいいんですけど、そんなこと全然ないっすよ」

「でも恋人はいるんでしょ？」

「いません、情けないことに」

宮野が自嘲ぎみの笑いを浮かべていうのを聞いて、真利子は内心ホッとした。

だがすぐ、『どうしてホッとするの。バカねェ』と、こんどは真利子のほうが胸の中で自嘲し、宮野に謝った。

「ごめんなさい、立ち入ったことを訊いてしまって」

「いえ……あの、これ、昨日披露宴の引き出物でもらったクッキーなんですけど、よかったら息子さんにあげてください」

宮野が傘と一緒に紙袋を差し出した。

「あら、そんなお気遣いしていただかなくてもよろしいのに……」

「貰い物ですから気にしないでください」

「そうですか。じゃあ遠慮なく頂きます。息子はクッキーが大好きなんです」

「あ、お母さんもよかったら食べてください」

宮野があわてたようにいった。

お母さんといわれて真利子は一瞬、冷水を浴びせられたような気持ちになった。まるで恋人と逢っているように胸がときめいていたせいだった。

「ええ。頂きます」

宮野に笑みを返してそういったとき、インターフォンが鳴った。

真利子はうろたえた。

「ちょっと待ってて」

とっさに宮野にそういい、急いで玄関から居間に引き返した。

インターフォンに出ると、息子が遊びにいっている近所の同級生の母親だった。子供たちがプールにいきたがるので、これから連れていこうと思う。よかったら真利子の息子も連れていってあげるから、水着を用意してほしいという。

真利子はそうしてくれるよう頼み、小走りに玄関に引き返した。

「宮野さん、靴を持って上がって」

口早に真利子がいうと、宮野は、え?! というような怪訝な表情をしたが、すぐに真利子のあわてぶりが伝染《うつ》ったように急いで従った。

真利子は宮野を玄関から居間にいく途中にある洗面所兼脱衣場に連れ込んだ。なぜそんなことをするのか、考えている余裕はなかった。それでいて胸が高鳴りっぱなしだった。

息子のプール用のバッグを手に玄関にもどると、同級生の母親を挟んで彼女の息子と真利子の息子が立っていた。

「ママ、プールいっていい?」

「いいわよ。わるいけど、よろしくお願いします」

真利子は息子と同級生の母親を交互に見ていった。

「前に車が停まってたけど、お客さま?」

母親が真利子からバッグを受け取りながら、玄関を覗き込むようにして訊く。

「ううん。家には誰も……迷惑ね、勝手に駐車してるんじゃないかしら」

真利子はドギマギしながら答えた。

「いってきま～す」と元気な声を張り上げて息子たちがいくと、玄関のドアをロックした。

真利子は頭の中が真っ白になり、昏倒《こんとう》しそうだった。ドアにもたれていなければ立っていられなかった。

息子の同級生の母親に嘘をついた直後、自分がなにをしようとしているのか、はっきりわかったからだった。

4

宮野はまったくわけがわからなかった。

真利子がなぜこんなことをしたのか、どうして息子の同級生の母親らしい女に嘘をついたのか。

自分が助けた子供の母親の名前が「真利子」だということは、この家の表札を見て知っていた。

宮野は洗面所のドアをわずかに開けて、玄関のようすに聞き耳をたてていたのだ。

ただ、わけがわからなくても、さっきから胸が高鳴っていた。

宮野は初めて会ったときから真利子を好きになってしまった。まさに一目惚れだった。上品な感じなのに色っぽいところがたまらなかった。

――とはいえ相手は人妻で、年齢も三十代の感じだ。しかも工事中に近所のいかにも三度の飯より噂話が好きそうなおばさんから、真利子は元キャビン・アテンダントで夫は厚労省の役人だという話を聞いて――それもそれとなく宮野のほうから聞き出したのだが――好きになってもどうしようもない相手だと思うようになった。

そのとき、どうしてそんな女を好きになったのか、考えてみた。このところ風俗の女としか関係がなかったため、彼女たちとはまったくタイプのちがう、というより真逆の女に眼がいって魅せられてしまったのかもしれない。そんな気がした。

そのうち基礎工事が完了し、現場が変わって真利子のことは忘れかけていた。ところが昨日、偶然再会したのだ。それをきっかけに真利子に対する気持ちは再燃した。

(彼女と運命的ななにかがあるのかも……)

そんな気さえして、今日、期待を胸に真利子の家にきたのだった。

もっとも期待の中身は、どう考えてもあり得ない、宮野にとって極めて都合のいいものだった。

ところが妙な展開になった。これが宮野の期待につながっていくのか、それともまったくちがう方向にいくのか、いまのところはまだわからない。

ただ、真利子が宮野を第三者から隠したこと、それに宮野のことでその第三者に嘘をついたこと、その二つのことが宮野の胸をときめかせているのだった。

そのとき、真利子が洗面所に入ってきた。宮野は驚くと同時にたじろいだ。真利子が怒ったような強張った顔をしていたからだ。

だがつぎの瞬間、信じられないようなことが起きた。「抱いてッ」というなり真利子が宮野にしがみついてきたのだ。

「奥さん——！」

宮野は声がうわずった。突然のことになにがなんだかわからない。気が動転してしまって、ドギマギしているうちに真利子が宮野のTシャツをたくし上げ、胸に頬ずりしてきた。

胸筋がヒクつく。真利子が驚いたような喘ぎ声を洩らし、乳首に口をつけて舌で舐めまわす。

くすぐったいような快感に襲われて、宮野はふるえて喘いだ。その反応に刺戟されたかのように真利子が昂ぶった声を洩らすと、唇と舌を宮野の割れた腹筋へと這わせる。

宮野は驚きと興奮につつまれながら、されるがままになっていた。

すると真利子が宮野の前にひざまずいた。宮野はさらに驚き、興奮した。真利子が自分の手元を見つめてベルトを緩めていくのだ。その顔を見て、宮野はわかった。さっきの怒ったような強張った表情は、強い興奮のためだったのだと。いまも真利子は同じような表情をしているが、そうとわかるとゾクゾクするほど色っぽく見える。

真利子の手でジッパーが下ろされ、ジーンズが下げられる。空色のボクサーパンツの前は、早くも露骨に突き出ていた。

「あァッ」

真利子が喘いだ。パンツの前を凝視している顔は興奮が最高潮に達して、凄みのある艶めかしさが浮きたっている。

宮野はふと思った。

(奥さん、欲求不満なんじゃないか⁈)

真利子がパンツに両手をかけた。ひざまずいたときから宮野のことは頭にも眼中にもない感じだったが、いまも自分のしていることだけに気持ちを奪われているようすでパンツを下ろしていく。

ペニスが勃起しているため、パンツを前に引っ張って下げた瞬間、ブルンと肉棒が大きく弾んで飛びだした。同時に「アアッ」と、真利子が昂ぶった喘ぎ声を発した。

気品と色気を併せ持った容貌の人妻は、いきり勃っている肉茎に射すくめられたかのようにそれを凝視したまま固まって、声もなく息を喘がせている。

宮野は見せつけるべく、意識的にペニスをヒクつかせた。ペニスのサイズには自信を持っていた。それに持久力と回復力にも。

「やだッ、すごいッ、すごいわッ」

真利子がふるえ声でいった。そして恐る恐るという感じで両手を伸ばして怒張に触る。もはやペニスしか頭にない感じだ。

両手で怒張を捧げ持つようにして、亀頭に唇をつけてきた。眼をつむり、色っぽい唇から舌を覗かせてからめてくる。

グッと大きく張り出したエラを、人妻の舌がじゃれつくように動いて舐めまわし、さらに肉茎全体を唇と舌でなぞる。

それを何度か繰り返したあと、肉棒を咥えてしごきはじめた。

テクニックを駆使する風俗嬢の濃厚なフェラチオに慣れている宮野だが、相手が好きになった、それもとびきり魅力的な人妻となると感じ方がまったくちがって、新鮮な快感と興奮に襲われていた。

その人妻は夢中になってペニスを咥えてしごいたり、口から出して舐めまわしたりを交互に繰り返している。しかもどうしようもなく興奮してきたらしく、せつなげな鼻声を洩らして身をくねらせている。

気品のある人妻からは想像もできなかった貪婪《どんらん》なフェラチオに、さすがの宮野も快感をこらえるのがきつくなってきた。

そこで真利子を押しやった。肉棒が口から出て大きく跳ね、真利子が喘いだ。

宮野は真利子を抱いて立たせた。

真利子は興奮に酔いしれたような表情をしている。

「奥さん」

いうなり宮野は唇を奪った。真利子は呻き、顔を振って拒んだ。

「だめ……」

うつむいていう。思いがけず水を差されて、宮野はカチンときた。

「どうして?!　奥さんのほうから誘って、フェラまでしたんだよ。それもいやらしくしゃぶりまくってたじゃないの」

そこまでいって、ふと気づいた。

「そうか。キスだけはいやってこと?」

真利子はうなだれて息を弾ませながら黙っている。

「まァいいや、それならそれで。でも奥さん、欲求不満なんだろ?　じゃなきゃ俺を誘うはずないし、飢えてるみたいなしゃぶり方しないもんな。な、そうなんだろ?」

「いやッ」

と真利子はいたたまれないような表情でかぶりを振る。

「ま、いいや。軀に訊けばわかることだ。それにしても奥さんのほうから誘ってくれるなんて、まだ信じられない。夢を見てるみたいだよ」

いうと宮野は真利子に後ろを向かせ、洗面台の鏡に対面する格好にした。

真利子は、ハイビスカスの花がプリントされたノースリーブのタイトなワンピースを着ていた。

その背中のファスナーを宮野が下ろしていくと、いやがって身をくねらせながらもされるままになっている。ワンピースの背中が割れて、色白な肌と薄紫色のブラが現れた。

宮野はワンピースを両肩からむき下ろした。「いやッ」と真利子がいった。だが口だけで抵抗はしない。

宮野はワンピースを引き下げた。真利子はさきほどと同じように口ではいやがったがされるままになって、そればかりか自分でワンピースから脚を抜いた。

ブラとショーツだけになった人妻の後ろ姿に、宮野は眼を奪われた。プロポーションのいい熟女だから色っぽい軀をしているにちがいないと想っていたが、想像を超えていた。

とくにウエストのくびれからブラと同じ薄紫色のショーツに包まれた、むっちりとしたヒップ、さらにほどよく肉がついて脂が乗った感じの太腿にかけて、ムンムンするような色気があって、見ているだけでペニスがうずいてヒクつく。

鏡に映っている真利子を見ながら、宮野はTシャツを脱いだ。さきほど真利子がフェラチオしている間に自分でジーンズとブリーフを脱いでいたので、靴下だけを残して裸になった。

真利子は深くうつむいているため、表情はわからない。宮野は後ろから真利子を抱き寄せ、怒張をむちっとしたヒップに突きつけた。

真利子がヒクッとして、ふるえをおびた喘ぎ声を洩らしてのけぞった。

宮野はブラを外しにかかった。真利子はされるままになって両腕で乳房を隠した。その腕の下に宮野は両手を差し入れ、乳房をとらえて揉みたてた。

悩ましい表情を浮かべた真利子の顔が左右に振れて、こらえきれない感じの喘ぎ声がきれぎれに洩れる。

「奥さん、もう乳首がビンビンに勃ってるよ。いいんだろ？　感じてたまらないんだろ？」

宮野は真利子の耳を口で嬲りながら訊いた。

「い、いやッ」

真利子が震え声を洩らしてかぶりを振る。

事実、乳首はコリッとしこって突き出している。それに乳房に生まれる性感とヒップに突き当たっているペニスの刺戟のせいか、さっきから真利子はたまらなそうに腰をもじつかせている。

宮野は片方の手をショーツに差し入れた。

「ああだめッ」

真利子が宮野の手を拒もうとする。

宮野は強引にヘアの下をまさぐった。驚いた。まるで失禁したように濡れている。

「奥さん、なにこれ？」

割れ目を指でこすりながら、真利子の耳元で訊いた。

真利子は腰をもじつかせながら、恥ずかしくていたたまれないような表情でかぶりを振る。

「すごいな。チビッたみたいじゃないの」

「いやッ、いわないでッ」

真利子がなおもかぶりを振りながら悲痛な声でいう。

そのようすを見て、宮野は思った。どう見ても恥ずかしがったりいやがったりしてるだけじゃない。そもそも俺を誘惑したんだからいやなはずはないし、濡れ方を見てもまちがいなく感じて興奮している……。

内心北叟笑《ほくそえ》みながら、宮野は真利子を向き直らせた。

5

人妻は洗面台を背にもたれて立ち、両手で顔を覆っている。小学一年生の子供がいるにしては形もきれいで張りもある乳房は両腕に隠れて見えないが、官能的に熟れた裸身は宮野の眼を楽しませるに充分だった。

宮野はその前にひざまずくと、〝美熟〟がもっともよく現れている腰を一層悩ましく見せている薄紫色のショーツを、ゾクゾクしながら脱がしにかかった。

真利子がいやがって腰をくねらせる。だがここでもそれだけだ。これまでの真利子の反応を見て宮野は、マゾッ気があるんじゃないかと思いはじめていた。

ショーツを脱がすと、真利子は片方の太腿で下腹部を隠した。

「隠すな！」

宮野は怒鳴って手で太腿を叩いた。

真利子はハッとしたような気配を見せた。両手で顔を覆ったままだが、宮野の怒声と行為に驚いたようだ。ついで「いやッ」と怯えたような声を洩らした。それでいて、下腹部を隠している太腿をおずおずと下ろしていく。

ヘアがあらわになった。気品のある顔に似合わず、黒々と繁茂している。そのいやらしい感じが宮野の興奮と欲情を煽った。

「ほら、見てやるから脚を開きな」

両手で脚を開かせようとした。

また「いやッ」と真利子がうろたえたような声を洩らす。そのくせ、ブルブルわなないている脚を徐々に開いていく。

ヘアの下に赤褐色の肉びらが合わさっているのが覗き見えた。

宮野はヘアを撫で上げ、両手で肉びらを分けた。

「ああッ――だめッ」

真利子がふるえ声でいって腰をもじつかせる。宮野が両腕で洗面台に押しつけているため、思いどおりに下半身を動かすことができないのだ。

真利子は顔から両手を離し、洗面台につかまって顔をそむけていた。その狼狽しきったような顔と目の前にあからさまになっている秘苑を交互に見て、宮野はわざと露骨なことをいった。

「奥さん、恥ずかしいところが丸見えだよ。しかもビラビラがパックリ開いちゃって、中まで見えてるよ」

「いやッ、いわないでッ、見ないでッ」

真利子が恥ずかしさに染まった眼差しを向け、かぶりを振りたてる。

宮野はなおもいった。

「いやらしいなァ、奥さんのグショ濡れの××××。こんなに濡らしちゃうってことは、やっぱ欲求不満なんだろ？　××××したくてたまんないんだろ？」

真利子の表情とようすがみるみる変わってきた。そむけている顔に昂ぶりの色が浮かびあがってきたかと思うと、苦しそうに荒い息をしながら、いかにもたまらなそうに色っぽく熟れた裸身をくねらせはじめたのだ。

それを見て宮野は驚き、興奮をかきたてられて、目の前の秘苑にしゃぶりついた。

真利子は悲鳴のような声をあげて軀をヒクつかせた。

宮野は舌でクリトリスをとらえてこねまわした。ときおり吸いたてて舐めまわしたりしながら、攻めたてた。

真利子はすぐに感泣しはじめ、あっけないほどの早さで絶頂を訴え、宮野の頭を両手で抱え込むとよがり泣きながら腰を振りたてた。

宮野は立ち上がって真利子を抱きしめた。真利子が昂ぶった喘ぎ声を洩らしてしがみついてきた。

「ああまたッ、またイクッ！」

それだけでたてつづけに達して軀をわななかせる。

宮野は唇を奪った。真利子はもうキスを拒まなかった。それどころか、せつなげな鼻声を洩らして宮野よりも熱っぽく舌をからめてきながら、腰をくねらせていきり勃っているペニスに下腹部をこすりつけてくる。

「やりたいんだろ？」

唇を離して宮野は訊いた。

「したい、してッ」

欲情しきったような、ゾクゾクするほど凄艶な顔つきで真利子がいう。

「なにがしたいんだ？」

「セックス」

「日本語でいえよ。それもいやらしい言い方で。きれいで上品な奥さんがそんなことをいうのが聞きたいんだ」

「いじわるッ」

真利子は宮野を睨むと、さらに下腹部をペニスに強く押しつけ、裸身をすりつけてきて、

「××××したいの。後ろから犯してッ。それからいっぱいしてッ」

熱い息で宮野の耳をくすぐりながらいう。

とたんに宮野は逆上するほど興奮し、欲情した。すぐに真利子を後ろ向きにして洗面台につかまらせると、ヒップを突き出させた。

自分から求めただけに真利子はいわれるまま背中を反らし、思わずしゃぶりつきたくなるほどまろやかな尻朶をグッと大胆に割り開いた。

元キャビン・アテンダントの人妻が、後ろから犯してくださいという体勢を取り、赤褐色のすぼまりが取り澄ましたように見えるアヌスも、同色の肉びらが口を開けて濡れ光ったピンク色の粘膜を覗かせている性器も露呈している。

興奮と欲情のあまりズキズキうずいて脈動しているペニスを手に、宮野は亀頭で膣口をまさぐって押し入った。

肉茎が生温かいぬかるみの中に侵入すると同時に真利子が感じ入ったような呻き声を洩らしてのけぞった。

宮野はゆっくり腰を遣った。肉びらの間に没した肉茎が出入りするさまがもろに見える。いやらしい眺めだ。刺戟的で興奮する。

それに膣壁が肉茎にからみついてきて、くすぐりたてられるような快感がたまらない。

真利子も快感に襲われているらしく、きれぎれに感じ入ったような泣き声の喘ぎを洩らしている。

「奥さん、バックでやられるの、そんなに好きなの？」

宮野は抽送を速めながら訊いた。

「好きッ。あぁッ、いいッ。もっと、もっと突いてッ。いっぱい、いっぱいして狂わせてッ」

真利子が息せき切って熱に浮かされたようにいう。

「よおし、やりまくって、よがりまくらせてやるよ」

いうなり宮野は腰の律動をさらに速めた。

それに合わせて真利子の感泣が高まり、それが宮野の興奮を煽る。それ以上に快感がたまらなくなる。それでも宮野は必死にこらえて真利子を絶頂に追いやると、軀ごと息をしている真利子に訊いた。

「奥さん、一回出しちゃっていい？」

「いいわ、出して。わたしも一緒にイク……」

弾むような声で真利子が答えるのを聞いて、宮野は我慢を解き放って激しく突きたてていった。

庭に焼けつくような陽差しが照りつけている。真利子は居間のソファに座り、茫然とそれを見ていた。

宮野はさきほど帰ったばかりだった。一度果てたあと、さらにベッドの上でしたがったが、真利子がなんとか説得してひとまず帰らせたのだった。

宮野との行為のあと真利子は、二重の罪悪感に苛《さいな》まれていた。不倫を犯しただけでなく、その現場が自宅だったからだ。そのうえ宮野を寝室に入れることなど、到底できなかった。

ただ、なんとか宮野を帰したものの、かわりにつぎに宮野の部屋で逢う約束をさせられてしまった。

逢えばどうなるか、わかっている。さっきと同じような、いや、あれ以上に激しく濃厚なセックスをすることになるにちがいない。

さきほども真利子は何度イッたかわからないほどオルガスムスに達し、最後は失神状態だった。

それも立ったままの後背位につづき、洗面所のマットの上で対面座位、騎乗位、そして最後に正常位と体位を変えて、驚くほど、というより終いには怖くなるほどタフな宮野にさんざん翻弄されて。

真利子は思った。

これ以上あんなセックスを経験したら、かりに夫の早漏が回復しても、もう夫とのセックスでは満足できない軀になってしまう。だからもう逢ってはいけない。逢うべきではない。

でもあの逞しくていつまでも硬いペニス……いやらしくて興奮する言葉……犯されるみたいな行為……何度も達してしまうオルガスムス……あのセックスを忘れることなんてできない。

そんなことを思っているうちに、宮野のペニスの感触がまだ生々しく残っている膣がひとりでにうずきはじめていた。

それは、理性や自制心を蕩《とろ》けさせる、悪魔のようなうずきだった。

そのうずきを感じながら真利子は、焼けつくような陽差しの中に激しくからみ合う自分と宮野の裸身を見ていた。

性春の光と影

ん?!……。

朝食を摂りながらテレビのワイドショーを見ていた椎名雅人《しいなまさと》は、画面に現れたフェイスシールドをつけた和服姿の女にふと身を乗り出して眼を凝《こ》らした。

つぎの瞬間、激しい胸騒ぎに襲われて、思わず「今日子《きょうこ》!」と声に出した。

だが今日子のはずはなかった。事実、女が映っている画面の端に、

「金沢の老舗《しにせ》旅館『S』の若女将《わかおかみ》　庄野綾香《しようのあやか》さん」

というテロップが出ていた。

『――ということは、今日子の娘か……』

椎名は胸の中でつぶやいた。老舗旅館『S』は、今日子の実家だった。

見たところ歳の頃は三十そこことおぼしき若女将の庄野綾香は、新型コロナウイルスについてテレビのインタビューに応えていた。

――コロナの流行で旅館経営は大変苦しい状況だが、GoToキャンペーンに東京も加えられたことで、少しずつ宿泊客が増えてきて、この流れに期待してい

る……。

椎名は胸をときめかせながら思った。もしあの若女将が今日子の娘だとしたら、今日子は大女将として健在なのではないか。

さきほど椎名が庄野綾香を見て眼を凝らしたのは、フェイスシールドのために顔がいまひとつはっきりしなかったせいで、ついで胸騒ぎに襲われて思わず今日子の名を口にしたのは、彼女の顔が若い頃の今日子を彷彿《ほうふつ》とさせたからだった。

それも二十歳の頃の顔を——。

テレビの画面はほかの情報に変わっていたが、胸騒ぎのあとの動悸がまだつづいていた。

あれから何年になるんだ？　もう……四十年以上じゃないか。

そう自問自答した椎名は、今年六十五歳になる。今日子は二つ年下だった。椎名にとって六十歳をすぎた今日子は想像もできない。無理もない。彼の記憶の中にいる今日子は、二十歳の大学二年生のままなのだから。

その当時——昭和五十三年頃——椎名と今日子は同棲していた。大学はちがっていたがふたりとも学生で、椎名は四年生、今日子は二年生だった。

動悸と一緒に遠い過去の思い出の数々がわき上がってきていた。まさに胸の底からわいてくる感じだった。

ふたりが同棲していたのは、同棲がブームになるきっかけとなった上村一夫《かみむらかずお》の劇画『同棲時代《どうせいじだい》』やフォークグループかぐや姫の『神田川《かんだがわ》』が流行った数年後だったが、ふたりとも『神田川』は好きだったし、『同棲時代』もテレビドラマになったのを高校生の頃に見ていた。

それがあってのちに椎名は今日子と出会ったとき、偶然にしてもできすぎのようなことを目の当たりにして驚いたものだった。というのも『同棲時代』のヒロインの名前が今日子と同じで、しかも当の今日子の顔立ちが、そのヒロインを演じた女優の梶芽衣子《かじめいこ》にどことなく似ていたからだ。

そんな今日子のことを考えていると、セピア色の思い出の中から一つのシーンが浮かび上がってきた。椎名にとっては四十年以上経っても忘れ難い、唯一無二の体験がまざまざと──。

1

それは飛び石連休初日の昼下がりのことだった。その二カ月ほど前から付き合いはじめていた今日子を、デートのあとに椎名は初めて自分の部屋に連れ帰った。

部屋はアパートの六畳一間で、机と本箱とベッド、それに食卓兼用の電気コタツがあるだけの飾り気のない部屋だった。もっとも当時の学生としてはそれがふつうだった。

ふたりはそれまでに夜の公園などでキスやペッティング程度の行為はしていた。だからこのとき今日子も、今夜はそれ以上の行為に発展するだろうことはわかっていたはずだった。

そのせいか、椎名が今日子をベッドに並んで座らせて肩を抱くと、それまでになく彼女が軀を硬くしたのがわかった。

このとき椎名はすでにセックスを経験していた。相手は二人で、うち一人は、つまり初体験の相手は、大学に入って夏頃からはじめたバイト先の女店員だった。年上で、二十三歳の彼女のほうは経験者だった。それもかなり経験していたようすで、椎名のほうがリードされる形での初体験だった。

その結果、彼女によってセックスのイロハからテクニックまでを教えられたといっていい。一方で椎名自身、セックスにのめり込んだ。それもあって彼女との関係は二年ほどつづいたが、椎名がほかの女を好きになったために終わった。

その二人目の女は、椎名と同い年の女子大生だった。椎名としてはそれなりにセックスを経験して男としての自信が出てきたところで、それを大いに活かしたつもりだったが、結果はさんざんで、彼女とは性格もセックスも合わず、数カ月で別れる羽目になった。

そして三人目が、今日子だった。そう、初めて部屋に連れてきたその日、椎名は思惑どおり今日子と初めて関係を持ったのだ。

その前にキスしながらブラウスのボタンを外そうとすると、今日子は顔を振って唇を離し、「待って」といってうつむいた。ひどく緊張した感じの硬い表情をしていた。

「もしかして、初めてなの？」

それまでのキスやペッティングの際のぎこちない反応を見て、薄々そうかもしれないと思っていた椎名が訊くと、今日子はうつむいたまま小さくうなずいた。バージンは椎名にとっても初めてだった。うれしいような、それでいて戸惑いもするような気持ちになって、

「大丈夫だよ、やさしくするから」

そういってブラウスのボタンを外そうとすると、今日子はこんどは黙ってされ

るがままになった。

椎名は、周りの友人たちを見回しても当時としては女の経験が豊富なほうだった。

それでも今日子がバージンだとわかったこのときばかりは妙な緊張感をおぼえた。神妙な、それに真摯《しんし》な気持ちになっていたせいだが、そのことをよく記憶しているのは、あとにもさきにも椎名がバージンと接したのが今日子をおいていないからだった。

そんな緊張感も、今日子を下着姿にするまでに興奮だけに変わっていた。それも白いブラジャーとパンティをつけているその姿に、それまでに経験していた二人の女たちにはなかった、感動的ともいえる興奮をおぼえたのを、はっきり記憶している。

椎名がブラウスを脱がすと、今日子は立ち上がって椎名に背を向けた。そして覚悟を決めたように自分でミニスカート、パンストの順に脱いで、白いパンティとブラジャーだけになった。

今日子は顔立ちだけでなく、黒々としたロングヘアやスタイルのよさも梶芽衣子に似ていた。

その下着姿に、椎名がまさに固唾を呑んで眼を奪われていると、さらにブラジャーを外してベッドに上がり、布団の下に隠れるようにもぐり込んだ。

椎名もあわてて着ているものを脱いでブリーフだけになると今日子の横に滑り込み、抱き寄せた。

初めてブリーフとパンティだけで軀を合わせると、椎名だけでなく今日子も興奮しているようだった。

椎名は花びらのような唇を奪って舌をからめていった。せつなげな鼻声を洩らして今日子もおずおず舌をからめ返してきた。

椎名は布団を払って今日子の上になると、彼女の腕を胸から剝がした。

初めて眼にした乳房は、みずみずしい張りといい、きれいなお椀形といい、それにピンク色の可憐な乳首といい、まさに処女を象徴するような美乳だった。

その初々《ういうい》しいふくらみに、椎名はそっと口をつけると乳首を舌で舐めまわし、一方のふくらみを手でやさしく揉んだ。

今日子は乳房同様の初々しい反応を見せた。たまらなそうにのけぞって、可愛《かわい》らしくすすり泣くような声を洩らす。

その声に椎名は新鮮な興奮を煽られてそれを我慢できなくなり、下方に軀をずらしていくとパンティに手をかけた。今日子があわてたようすで太腿を締めつけよじった。

「だめッ、恥ずかしい」

見ると、両手で顔を覆っている。

「今日子のすべてが見たいんだ。いいだろ?」

黙っている。椎名はパンティを脱がしにかかった。今日子はわずかに拒んだが、それだけでされるがままになっている。

椎名はパンティをゆっくりずり下げていった。振り返ってみて、人生でもっとも興奮でゾクゾクワクワクした瞬間だったといっていいかもしれない。

パンティを抜き取ると、力を込めている今日子の両膝に手をかけて、やや強引に開いた。

「いやッ、だめッ」

今日子が恥ずかしそうな声を放った。開いた両膝がブルブルふるえている。

椎名は今日子の顔を見やった。両手で顔を覆ったままなのを見てから股間に眼をやった。

ちょっとした驚きを、椎名はおぼえた。意外に今日子の陰毛が濃かったからだ。だがむさくるしいというのではなく、ほぼ逆三角形状に生え揃っていて、それに頭髪と似て黒々としっとりとしている感じで、濃さの意外性と白い肌とのコントラストによって男の欲情を煽らずにはいないエロティックさがあった。

「いや、見ないで」

今日子がふるえ声でいった。両手で顔を覆ったまま、脚の小刻みなふるえが止まらない。

陰毛は性器の両側にもわずかだが生えていて、その間に薄いピンク色の肉びらが覗き見えている。

そこを開いて見たいのを我慢して、

「じゃあ緊張が解けるように、気持ちよくしてあげるよ」

いうなり椎名は今日子の秘苑に口をつけた。今日子の驚いたような声と一緒にヒクッと腰が跳ねた。

「そんな、だめッ――！」

ひどくうろたえたようすの今日子にかまわず、椎名は舌でクリトリスをとらえると、それまでの経験を活かして舐めまわした。

今日子にしてみれば、初めて経験する性感や快感だったからだろう。クンニリングスに対して戸惑ったり狼狽したりしているような反応を見せた。

これはその後椎名がオナニーについて訊いたとき、今日子の告白によってわかったことだが、オナニーは性にめざめた頃に二、三度しただけで、あとはしていないということだった。

それもいけないことだと思ってやめたという。それを聞いて椎名は、いかにも真面目で意志が強い今日子らしいと思ったものだ。

といっても今日子は性的なことを忌《い》み嫌うタイプではなかった。どちらかといえばむしろその逆で、性的なことにはおおいに興味や関心があるのだが自制心が強く、それが実際の行為までには至らなかった——それも椎名と出会うまでは——というのがその後の今日子を知ってからの椎名の見立てだった。

実際、初体験のこのときもその見立てを実証するような反応を、今日子は見せた。当初の戸惑いや狼狽はやがて快感を訴えるそれに変わってきたのだ。これまたそれを証明するように、椎名を驚かせるような濡れ方を見せて。

その後わかったことだが、今日子は濡れやすい体質だった。それだけ性的な感受性に恵まれた軀だといえるわけで、実際にそうだった。

初めてのクンニリングスで今日子がイッたかどうか、椎名にはわからなかった。もっとも今日子自身、このときはまだイクということがよくわかっていなかったらしい。

ただ、それにちかい快感はあったようだ。「ダメッ、ダメッ」と怯えたようにいいながらのけぞったかと思うと、軀をわななかせた。

椎名の分身はいきり勃っていた。フェラチオをどうしようか椎名は迷った。初めてのセックス

いる今日子を見て、フェラチオはショックかもしれないと思ったからだ。

でフェラチオはショックかもしれないと思ったからだ。

結果、すぐに挿入することにして、亀頭を肉びらの間にあてがうと上下にこす

り、処女の蜜を充分にまぶして慎重に今日子の中に入った。

今日子は苦悶の表情を浮かべて呻いた。

ペニスは行く手を阻《はば》まれていた。これが処女膜か。そう思って椎名は慎重を心

がけつつ、やや強引に押し入った。

今日子の悲鳴に似た声と同時にプチッと糸が切れるような感覚があった。

「今日子の中に入ったよ。大丈夫か」

椎名がそういって訊くと、今日子は口をきくこともできないようだった。怯え

と痛苦が入り混じったような表情が固まったまま、かろうじて息をしている感じ

だった。

椎名はペニスをゆっくり抽送した。ぬめっていても窮屈に感じられる膣でペニスがしごかれるような感覚があって、強い快感に襲われた。

当然のことながら、今日子のほうは快感どころか必死に苦痛に耐えているようすだった。椎名の動きに合わせてきれぎれに洩らす声にもそれがにじんでいた。

そんな反応が痛ましくも初々しく見えて、椎名は興奮と欲情を煽られた。そして発射寸前に今日子の中から出ると、彼女の白い腹の上に若い精を勢いよく迸《ほとばし》らせたのだ。怒張には処女の証が付着していた。

2

それから同棲をはじめたふたりは、熱愛の日々を送ることになった。

それもセックスについていえば、若いだけにさながらさかりのついたオスとメスのようだった。

当初は椎名だけがそうだったが、ほどなく今日子も積極的になってきたのだ。というのも同棲をはじめて一カ月もしないうちにオルガスムスを経験したからだった。

そんなふたりは夜といわず昼といわず、それに狭いアパートの中で場所を選ばず、ほんのささいなことをきっかけにすぐに抱き合ってセックスに没入した。

同棲をはじめるにあたって、ふたりはアパートをかわっていた。そこは六畳と四畳半の二間に小さな風呂付きだった。

その部屋のベッド以外でいえば、浴室や洗面所、台所や食卓など所かまわず、場所によって体位を変えて交わったものだ。

今日子が初めてイッたときのことを、椎名はよくおぼえている。

椎名が椅子に座り、今日子が向き合って彼の腰にまたがって、いわゆる対面座位の体位で行為をしているときのことだった。

それまでの行為では、興奮と快感が最高潮に達したようなときでもイキそうでイキきれないようすを見せていた今日子だったが、そのときはそれまでになく夢中になって激しく腰を振りたてながら、

「アアだめッ、イヤッ——イクッ、イクイクッ!」

と怯えたような表情と声でいうなりしがみついてきて、軀をわななかせたのだ。

椎名が思うに、そこまで性感に対する感度が深まってきていたのが一番で、加えて変形の対面座位の体位によってやや前傾姿勢で激しく腰を振っているうち

に、過敏なクリトリスをより強く刺戟することになって達したのだろう。

オルガスムスを知ってから、今日子のセックスは一変した。なにがもっとも変わったかといえば、快感に対して貪欲になったことだ。積極的にセックスを愉しもうとするようになった。

ただ、それはセックスのときだけのことで、ふだんの今日子はそれまでと変わらなかった。

いや、まったく変わらなかったわけではない。変わってきたところもあった。それはすべてに色っぽくなってきたことだ。なにげない仕種《しぐさ》やふと見せる表情や、なにより軀つきが。

そしてセックスとなると、感じたり興奮してきたりしてきたときの表情や声、その軀の動きが、それまでになく色っぽくなってきた。

もっともこのときはふたりとも若い。色っぽいといっても、二十歳の今日子を二十二歳の椎名が見てそう感じたという、但《ただ》し書《が》きつきのそれだ。

ともあれ、今日子が性の歓びを知ったことによって、ふたりのセックスはそれまでになく充実したものになった。より情熱的に、そして貪欲に、そのぶん濃密になってきた。

そんな満ち足りた日々を送っていたさなかのことだった。

ある夜、椎名が友人と酒を飲んで帰宅すると、まだ十時すぎだったが、今日子はめずらしくもうパジャマに着替えてベッドに入っていた。

どうしたのか椎名が訊くと、具合がわるいので今日はもう寝るという。よく見ると確かに顔色がわるく、表情も冴《さ》えないようすだった。

風邪《かぜ》でも引いたのではないかと思って椎名があれこれ訊くと、体調不良の原因はわからないらしい。

酒に酔ったところで今日子を求めようと思っていた椎名は、膨れあがっていた欲望の遣り場を失って困ったが、仕方なく我慢するしかなかった。

ところがその日を境に、ふたりの関係は椎名にとって思いもかけない方向へと向かっていくことになった。

つぎに椎名が求めたときも、今日子は謝りながら体調不良を理由にセックスを拒んだのだ。

そればかりか、それから二カ月ちかくも……。

その間椎名は病院で診察を受けるよう何度もうながしたが、今日子は首を縦に振らなかった。

そうこうしているうちにある日突然、今日子から耳を疑うようなことを聞かされることになった。

「わたしと別れて。理由は訊かないで。わたしは金沢に帰る」

今日子はそういったのだ。

とっさに言葉もないほどのショックを受けた椎名は、当然理由を訊いた。だが今日子は同じことを繰り返した。

納得できるはずもない椎名はさらに問い質した。それでも今日子の答えはその一点張りで、唯一それに加わったのが、

「そのほうが雅人のためでもあるの」

という言葉だった。

なにが俺のためだ、勝手なことをいうな、と椎名は憤慨し、今日子を責めたてたが、それっきり彼女は貝になってしまった。

その翌日だった。今日子の母親の芙紗子《ふさこ》が上京してきたのは。

椎名は以前芙紗子と一度会っていた。今日子と同棲をはじめたときのことだ。

そのとき芙紗子は、同棲には反対で許せないとふたりを叱責《しっせき》したあと、椎名に向けて思いがけない話を持ち出してきた。

それでもどうしても同棲するというなら、椎名が今日子にふさわしい男かどうかをしっかり調べたうえでの話だが、ふさわしいとわかれば婿養子になって旅館を継いでもらう。その条件が呑めれば同棲を許してもいい、というのだった。

椎名は旅館の主になる気はさらさらなく、新聞記者になりたいと思っていた。

そのことを芙紗子に話すと、彼女はふたりの同棲は許さないとだけ言い置いて帰っていった。

——芙紗子とはそれ以来の再会だった。これが椎名にとって最悪の結末をもたらすことになった。

今日子は体調不良のことを母親に伝えていたらしい。芙紗子は娘を金沢の病院に連れていくといい、椎名が反対するのもかまわず、強引に今日子を連れ帰ったのだ。

金沢に帰る前、芙紗子は今日子と一緒に娘のある程度の物をまとめ、自宅に送る手筈《てはず》をととのえると、あとは椎名に処分してほしいと頼み、充分な代金を置いていった。

椎名としては悪夢を見ているようだった。今日子の気持ちが不明で、こうなったことの原因も理由もわからない。ために、今日子の不在が現実として受け止められなかった。

やがて居ても立ってもいられなくなった椎名は、金沢にいって老舗旅館『S』に押しかけた。

だが今日子に会うことはできなかった。応対した母親の芙紗子に、会わせることはできない、こうして押しかけてこられては困る、もう娘のことは忘れてほしいと強くいわれて追い返されたのだ。

ただ、そのとき椎名も強い口調で言い返した。

ぼくは絶対に今日子と別れない。会わせてもらえるまで何度でもくる、今日子にもそう伝えてほしい、と。

それを聞いた芙紗子はひどく困惑したような表情を浮かべて、すぐには返す言葉がないというようすだった。

もっとも椎名はそういってすぐ背を向けて帰ってしまったので、芙紗子も言葉を返しようがなかっただろうが。

思えばこのときの芙紗子の困惑と彼女自身が抱えていた悩みが一緒になって、このあと椎名は想像だにしなかった経験をすることになるのだった。

3

思いがけず芙紗子から電話がかかってきたのは、椎名が金沢にいってから数日後のことだった。

「今日子のことで、椎名くんとちゃんと話しておかなければいけないことがあるの」

驚いている椎名をよそに芙紗子はそういうと、いま上京してホテルにいるので、わたしが泊まっている部屋にきてほしいと、さらに椎名を驚かせ、戸惑わせることを口にしたのだ。

芙紗子はこのとき四十五歳だった。旅館の女将の仕事をしているときは和服だが、ふだんは大抵洋服を着ていると今日子がいっていたとおり、椎名が東京で二度会ったときも洋服で、金沢のときは和服だった。

親子でも顔立ちが似ているとはかぎらないが、芙紗子と今日子はどことなく似ていた。それにスタイルがいいせいもあって、洋服と和服どちらもすっきりと着こなしていて、なにより全身から今日子とはちがう大人の色気が匂いたっているのが、若い椎名にも感じられた。

これも今日子から聞いた話だが、芙紗子は三年ほど前から夫と別居しているということだった。なんでも夫がギャンブル狂いで、芙紗子が愛想を尽かしていて、離婚は時間の問題らしかった。

そんな芙紗子とホテルの部屋で会うことに、椎名は電話で聞いたときから戸惑っていた。抵抗をおぼえないわけではなかった。

だが今日子のことといわれると、それよりも聞きたい知りたいという思いのほうが強く、いわれたホテルの部屋に出向いていった。

冬の昼下がりだった。緊張している椎名を出迎えた芙紗子は、この日も洋服を着ていた。銀色のシルクのブラウスに、黒と白のチェックのタイトスカートという格好だった。

部屋は暖房がよく効いていた。コートを脱ぎ、椅子に座って芙紗子がお茶を淹《い》れてくれるのを見ていた椎名は、ここにきて胸がドキドキして額《ひたい》に汗がにじんできていた。

こうして芙紗子のことをよく見る、というより観察するのは初めてで、その結果、こんもりとした胸のふくらみ具合といい、むっちりとした尻の肉づきといい、芙紗子がかなりグラマーな軀をしていることがわかった。

さらにテーブルを挟んで芙紗子と向き合うと、ドキドキに加えてドギマギした。膝丈のタイトスカートから覗いているきれいな脚が見えるのだ。それもきれいなだけでなく、ソファに座ったせいで太腿の中程まで露出しているエロティックな脚が——。

芙紗子は先日金沢で椎名を追い返したことを謝った。だが謝ったのはそのことに対してだけで、今日子と椎名については同じことを繰り返した。

ふたりは別れたほうがいい。それが将来のあるふたりのためでもある。今日子もそう考えてそう決心している。わたしからもお願いする。だから椎名くんも、もう今日子のことは忘れて、男らしく受け入れてほしい、と。

そういわれても椎名にとっては到底聞き入れられることではなかった。第一今日子が本当にそう思っているのか、もっとも肝心なそのことからして疑わしく、信じられなかった。

そこで椎名は反論した。今日子がなぜ別れると決心したのか、その理由を知りたい。それがわかって納得できなければ、別れることはできない、と。

すると芙紗子は先日いったことに加えて不可解なことを口にした。

理由はいえない。いうと今日子を傷つけて、よけいに苦しめることになるから、と。

ますますわけがわからなくなった椎名は怒りが込み上げてきて、それはどういうことかと詰め寄った。

芙紗子はうつむいた。そして、なにかを決心したかのような表情でいった。

「そうよね、椎名くんにとってはわけがわからない話ですものね。なのにわけは訊かないでほしい、わかってほしいといったって、受け入れられるはずがないわよね」

神妙な口ぶりに、椎名が呆気に取られていると、

「だけど、それでも椎名くんに聞き入れてもらわなきゃ困るの。わたし、それをお願いしようと思って椎名くんに会いにきたの」

硬い表情でそういうなり、芙紗子は立ち上がった。

つぎの瞬間、椎名は驚愕し、激しくうろたえた。あろうことか、芙紗子がブラウスのボタンを外しはじめたのだ。

「お母さん――！」

腰を浮かせかけて発した椎名の声はかすれた。

「もちろん、こんなこと、いけないのはわかってるわ。でも椎名くんに今日子を

忘れてもらうためには、こうするしかないの。椎名くんにわたしと共犯者になってもらうしか……」

熱っぽくいっているうちに芙紗子はブラウスを脱ぎ終え、上半身薄紫色のブラジャーだけになっていた。

さらに椎名の前にくると、タイトスカートを脱ぎにかかった。

「そんな、お母さん、いけませんよ、だめですよ」

椎名はあわてふためいた。

「わたしみたいなおばさんじゃいや？」

芙紗子がそれまで見せたことのない艶めかしい眼つきで椎名を見て訊いた。

「ち、ちがいます、そういうんじゃ……」

ドキッとした椎名はうわずった声でいって、あとがつづかなかった。

芙紗子がスカートを脱ぎ下ろして、椎名の見たこともない下半身の下着に眼を奪われたからだ。

それはガーター付きのコルセットで、太腿までのストッキングをストラップで吊るタイプの下着だった。

今日子を含めてそれまで付き合った女たちはみんなパンストを穿いていたの

で、このときまで椎名はこういう下着を見たことがなかった。

その下着に大人の女の息詰まるような濃厚な色香を感じて、いつのまにか強張っていた分身がヒクついた。

それで初めて勃起していたことに気づいて椎名がうろたえていると、さらに当惑することが目の前で起きた。

芙紗子が色っぽい仕種でガーターのフックを外してストッキングを脱いでいくのだ。

さらにコルセットも脱いで、薄紫色のパンティだけになった。

おそらく、このとき椎名は興奮しきった表情で芙紗子に見とれていたのだろう。芙紗子は椎名を可笑《おか》しそうに見ながら、それでいて彼女自身も興奮しているようすで思わせぶりにブラジャーを外した。そして、椎名に見せつけるように乳房を露呈したのだ。

椎名は固唾を呑んだ。四十五歳というより今日子の母親だというのに、豊満な乳房はきれいな形を保っていて、椎名をして思わずむしゃぶりつきたくなる衝動をかきたてるほどだった。

その乳房に見とれていると、芙紗子に手を取られた。椎名は操り人形のように立ち上がった。

「椎名くんも脱いで」

芙紗子に甘く囁かれて、椎名はハッとして我に返った。下着姿になった芙紗子を見た瞬間から舞い上がって、我を忘れていたのだ。

我に返ったとたんに今日子の顔が脳裏に浮かび、罪悪感に襲われた。

だが目の前で乳房をあらわにしてパンティだけになっている芙紗子を見ると、もうあとには退《ひ》けなかった。気持ち的にではなく、痛いほどいきり勃っている分身のせいで。

椎名は着ているものを脱いでいった。露骨に突き上がっているブリーフの前を芙紗子に見られるのは恥ずかしかったが隠しようもなく、ブリーフだけになると、

「すごい！」

と芙紗子がいった。ふるえをおびたようなうわずった声だった。

それまで芙紗子の顔を見ることができなかった椎名が、そういわれて眼をやると、芙紗子は興奮しきった表情で椎名のブリーフの前を見ていた。

そればかりか、「ああ」とたまらなそうに喘ぐと、椎名の前にひざまずき、勝

手にブリーフを下ろした。

ブルンと肉棒が生々しく跳ねて露出した瞬間、芙紗子は息を呑んだようなようすを見せた。

されるがままになって芙紗子を見下ろしていた椎名は、驚いた。ホテルの部屋で会ってからの芙紗子はこれまでとはちがう感じだったが、ここに至ってはもうまったくの別人だった。

勃起して反り返っているペニスを凝視しているその顔は、まるで興奮に酔って息をするのも苦しそうなようすだった。

さらに我慢できなくなったように両手をペニスに添えて唇を近寄せてくると、舌を亀頭にねっとりとからめてきた。

芙紗子のフェラチオに、椎名は圧倒された。舐めまわし方といい、咥えてからのしごき方といい、美味しいものを貪っているかのようだった。

今日子を失ってから欲求不満を抱えていた椎名は、何度も暴発しそうになりながら、必死にそれをこらえなければならなかった。

欲求不満といえば、このときの芙紗子こそ、そうだったはずだ。

そもそも椎名を誘惑したのは、椎名に今日子をあきらめさせるためと、もう一つ、自分の欲求不満を解消したいという目的があったのではないか。

椎名がそう思ったのは、あとになってからのことだが、芙紗子とのセックスはそれを裏付けるものだった。

ベッドに上がると、芙紗子は仰向けに寝ていった。

「娘の恋人とこんなことをするなんて、わたしはなんて罪深い母親なんでしょう。椎名くんもそう思うでしょ」

表情も口調も、罪悪感にさいなまれているというよりどこかときめいているような感じだった。

もっともこのときの椎名にはそう感じる余裕もそこまでの観察力もなく、これまたあとになって思ったことだったが。

「それは、ぼくだって同じですよ」

椎名はいった。今日子に対する罪悪感は消しようもなかった。

「そうね。だけど責任はわたしにあるわ。年上のわたしがあなたを誘ったのだから、いけないのはわたしよ。ね、お願い、なにもかも忘れてしまえるほど夢中にさせて」

芙紗子はそういうと椎名に向けて両手を差し出し、色っぽく熟れた裸身をくねらせて求めた。

椎名は芙紗子に覆《おお》い被《かぶ》さっていった。頭に血が上って、セックスのこと以外なにも考えられなかった。

豊満な乳房にしゃぶりつくと貪るように舐めまわし、手で揉みたて、芙紗子が洩らす感じ入ったような声に興奮を煽られ、さらに熱っぽく乳房を攻めたてていた椎名は驚いた。それだけで芙紗子が「イクッ！」と感じ入ったような呻き声を放ってのけぞり、軀をわななかせたのだ。

その反応に驚くと同時にますます興奮した椎名は、今日子よりもひとまわり豊かな、そのぶんむっと迫りくるような色気をたたえている芙紗子の腰からパンティを下ろして脱がすと、脚を押し開いた。

今日子の陰毛はどちらかといえば濃いほうだったが、母親の芙紗子もそうだった。

ただ、肉びらはちがっていた。芙紗子のそれは、色が灰色がかっていて、形状はぼってりとした肉厚な唇を想わせた。しかも縮れていて、全体的に熟した淫猥なシロモノに見えた。

だが椎名はそのいやらしさにいままでにない欲情を煽られながら、両手で肉びらを分けた。

あらわになった粘膜は色鮮やかなピンク色で、もうジトッとして、濡れ光っていた。それがエロティックなイキモノのようにうごめいていた。

「アアッ、そこ、舐めてッ」

芙紗子が昂ぶった声でいって腰をうねらせた。

椎名はしゃぶりついた。クンニリングスで女をイカせることにはそれなりに自信を持っていた。

それに芙紗子は熟れきった軀で欲求不満を抱えていた。軀が爆発寸前の爆弾のようなもので、絶頂に追い上げるのはいとも容易だった。

芙紗子が弓なりに反らせた軀を律動させてよがり泣きながら達すると、オルガスムスの痙攣《けいれん》が収まるのを待って、椎名は芙紗子の中に押し入った。

若くて勢いが盛んな肉棒が熟れた蜜壺を挿し貫いたあとは、ふたりとも快感を貪り合って飽くことがなかった。

貪欲さでは椎名が芙紗子に圧倒される場面もあったが、椎名のほうはペニスの力で芙紗子を圧倒した。

最初の行為では、射精したあともそのまま芙紗子の中で回復して、二回目の行為に突入した。そして終わってみれば、一晩で六回も精を解き放って、その間に芙紗子は少なくとも二度失神していた。

ふたりの関係はそれで終わったわけではなかった。その後、芙紗子が毎月一度は上京してきて、そのたびにふたりはホテルの部屋で享楽的な情事にふけった。もとよりふたりの情事はおたがいに性欲を満たすのと快楽を貪ることだけが目的だった。

そのため躊躇《ちゅうちょ》や抑制はなく、すべてに奔放《ほんぽう》だった。さまざまな体位を取るなどはもちろんのこと、行為のさなかに卑猥《ひわい》な会話を楽しんだりもした。

その後椎名が熟女好きになったのは、芙紗子とのそんな体験が少なからず影響していた。

やがてふたりは別れることになった。椎名が出版社に入社したのを機に、芙紗子が社会人としてスタートを切った椎名の邪魔をしてはいけないと、別れを切り出してきたのだ。

椎名には未練があった。それも芙紗子の熟れた軀と彼女との淫楽的な情事に対して。つまりは肉欲がすべてであって、それでもって芙紗子の思いやりを突っぱねることはできず、受け入れるしかなかった。

もっとも芙紗子にしても未練がありながらのことだった。だからふたりにとって最後の情事は、いまでも椎名の記憶にまざまざと残っているほど情熱的で激しく濃厚なものになったのだった。

4

北陸新幹線『かがやき』の車窓を飛ぶように走り去っていく風景とは異なって、椎名の脳裏をさまざまなシーンがゆっくり流れていた。

それらは遠い昔の、今日子と芙紗子との思い出のシーンだった。

椎名が金沢行きを思いたったのは、テレビで庄野綾香を見て三日後のことだった。

ツテを頼って金沢の老舗旅館『S』のことを調べてもらったところ、現在、大女将の庄野今日子と娘で若女将の綾香のふたりが旅館を経営していて、今日子の母親の芙紗子はすでに亡くなっている、ということがわかった。生きていれば、八十半ばのはずだった。

芙紗子が健在で、今日子と一緒にいたら、訪ねていくわけにはいかない。

椎名はそう考えていたのだが、そうではないとわかって金沢にいくことにしたのだった。

椎名は新聞記者になる夢が叶わず、大手出版社に入社して五十すぎまで勤め、その歳で小さな出版社を立ち上げた。出版不況といわれて久しいなか、このたびのコロナ禍に追い打ちをかけられて、椎名の会社の経営も決して楽ではないが、ここまでなんとか持ちこたえている。

それでも椎名は比較的安閑《あんかん》としていた。三年前に妻をガンで亡くして独り身になっていたし、二人の子供たちもそれぞれ家庭を持ってそれなりにやっていて、気楽だった。もちろん五人いる社員たちへの経営者としての責任はあるが、それもいまのところなんとかなりそうだった。

そんな椎名を取り巻く状況が、金沢行きを後押ししたところもあった。

ただ、四十年以上も前のことだ。いまさらなにをどうしようという気持ちがあるわけではなかった。今日子に逢うことさえできればそれでいい。そう思っていた。

それでもさすがに金沢に到着すると気持ちが昂ぶり、胸が高鳴った。駅からタクシーで旅館に向かっていると、それが一段と強まってきた。

旅館を予約するとき、椎名はいまのようにドキドキしていた。今日子が電話に出るかもしれないと思っていたからだが、出たのは若い感じの男の声だった。若女将の夫かもしれなかった。

逢いにいくことを前もって今日子に知らせなかったのは、なにも驚かせるつもりからではなかった。最初に言葉を交わすのは、顔を合わせてからのほうがいいと思ったのだ。

旅館に着いて玄関を入ると、フェイスシールドをつけた和服姿の女性従業員が待機していて、センサー式体温計で椎名の体温を計った。

女性従業員の後方に品のいい和服を着た女が二人並んで立っていて、椎名に向かってお決まりの出迎えの言葉を口にして深々と頭を下げた。

二人ともフェイスシールドをつけていたが、椎名は一目で今日子と娘の綾香だとわかった。わかった瞬間、胸が締めつけられた。

ついで顔を上げた今日子と初めて眼を合わせた。今日子はにこやかな笑みを浮かべていた。椎名はマスクを外して顔を見せた。

ところが今日子は表情ひとつ変えなかった。長い年月が経っているとはいえ、かつて純粋に愛し合った男との再会によって現れてもおかしくない感情のわずかな動きさえ、その表情のどこにもなかった。

ただ、無表情のまま、強張って固まっている感じだった。

そのようすで椎名は察した。今日子が感情を押し殺していること、それに椎名がくるのを知っていたことを――。


その夜、十時五分前になるのを待って、椎名は旅館の部屋を出た。

昼間――といってもすでに夕方にちかい時間だったが、旅館の部屋に落ち着いてほどなく、今日子から電話がかかってきて、今夜十時に自宅のほうにきてほしいといわれたのだ。今日子は旅館に隣接した家に住んでいるということだった。

話はそれだけだったのでそれ以上のことはわからなかったが、椎名は思った。自宅に俺を呼び寄せるということは、今日子はそこにひとりで住んでいるということではないか。

今日子の電話を受けてから入浴、夕食を挟んでからの数時間は、椎名にとってなんとも悩ましいものになった。

今日子はどう思って俺を自宅に呼んだのか。昔のことをどう思っているのか。

そんな疑問と一緒に昔のいろいろな思い出が頭をかけめぐり、感情が昂ぶってとても落ち着いてなどいられなかった。

その今日子の家の玄関の前に立ったいま、椎名の胸は息苦しいほど高鳴ってい
た。

インターフォンのボタンを押すと、驚いたことにすぐにドアが開き、今日子が現れた。どうやら時間に合わせてドア口にいて、ドアスコープで椎名を確認したようだ。

「いらっしゃい。どうぞ……」

今日子がいった。旅館の玄関ホールで椎名を迎えたときの笑顔はなく、緊張しているのか表情が硬い。

「お邪魔するよ」

いって椎名は中に入った。

今日子は和服姿ではなかった。黒地にいろいろな色の小さな花柄が入ったニットの上下を着ていた。仕事を終えて入浴もすませたのかもしれない。アップに結っていた髪も下ろしていた。

今日子のあとについて家の中に入っていきながら、椎名はその艶やかな長い髪を見て、かつての今日子を思い出した。そしてふと、今日子もそのつもりで髪を

下ろしたのではないかと思った。

さらに今日子のヒップに眼を留めた椎名は、年甲斐《としがい》もなくドキドキした。ニットのスカートが尻肉にフィットしていて、むっちりとしたまるみが手に取るようにわかるのだ。その豊かな肉づきは、二十歳の今日子にはなかったものだった。

椎名はリビングルームのような部屋に通された。室内は微妙に照明が落とされていて、ソファに囲まれたローテーブルの上には酒肴《しゅこう》の用意がされていた。

「どういう挨拶をしたらいいのかしら、言葉が見つからない……」

ソファのそばで椎名と向き合うと、今日子はぎこちないような笑みを浮かべていった。

「おたがいさまだよ、なんせ四十年以上経ってるんだから」

椎名も微笑んでいった。

今日子にソファをすすめられ、テーブルを挟んで向き合って座ると、ふたりは彼女がつくったウイスキーの水割りで乾杯した。

還暦をすぎている今日子だが、いまだに若い頃の面影が残っているその顔は、年齢よりもずっと若く見える。それに軀つきは昔に比べてかなりグラマーになった感じだが、相変わらずプロポーションがいい。

「いやだわ、なにをそんなにジロジロ見てるの」

今日子が戸惑ったようにいった。

「あ、いや、つい見とれてたんだよ。ずいぶん色っぽくなったなァって」

「やだ、もうおばあちゃんよ、恥ずかしがらせないで」

「それもおたがいさまだよ。俺だってもうおじいちゃんだから」

「でも雅人、あ、昔のクセがでちゃった」

「かまわないよ、俺も今日子って呼ぶから」

「雅人は変わらない感じよ。というか、いい感じに年取ったみたい」

「お世辞でもうれしいね。だれにいってもらうより、今日子にいってもらうのが一番うれしいよ。もっともそういう相手はいないんだけど……」

椎名が苦笑していうと、

「いまひとりなの？」

今日子が訊く。

「ああ。三年ほど前に妻をガンで亡くしてね。今日子は？」

「それは御愁傷様です。わたしもひとり。バツイチなの。よく庄野家の女は男運がわるいっていわれるんだけど、わたしも含めて女のほうにもなにか原因があるのかも……」

今日子は自嘲ぎみに笑っていった。

それにつられて椎名は、知らないふりをして訊いた。

「お母さんは？」

「母はもう亡くなって、去年七回忌をすませたの。母はでも男運がよかったのかもしれない。父とは離婚したんだけど、そのあとすぐにパートナーができてたの。結婚はしなかったんだけど、相手がすごくいい人で、最期を看取ってもらったの」

椎名は思った。――すぐにパートナーができたのは、俺とのセックスで熟れきった軀に火がついたせいもあったのではないか。

だが当然のことに口が裂けても芙紗子との秘密の関係は今日子にいえることではなかった。

「雅人、わたしのこともだけど、母のこともずっと恨んでいたんじゃない？」

今日子が申し訳なさそうに訊いてきた。

「あのときはまあ……でももう昔のことだ。いまも恨んでいたら、逢いにはこないよ」

「わたしね、雅人がくるとわかったとき、思ったの。もう四十年以上も経ったんだから、雅人に本当のことをいってもいいんじゃないか、というよりいったほうがいいんじゃないかって」

深刻な表情でいう今日子に、椎名は怖いものでも覗き見るような気持ちになって、どういうことか訊いた。

今日子はウィスキーの水割りを飲み干してから話しはじめた。

それを聞いて椎名は驚愕し、怒りにふるえた。

あのとき今日子が椎名と別れて金沢に帰る決心をしたのは、あろうことか今日子が通っていた大学の教授に研究室でレイプされ、その結果妊娠したのが原因だというのだ。

椎名と今日子は避妊していたので、妊娠する可能性はほぼなかった。

母親に連れられて金沢に帰った今日子は、県外の産婦人科医院で堕胎《だたい》した。そして大学を中退して旅館を手伝うことになり、数年後に結婚して女の子を産んだ。その子がいまの若女将の綾香だという。

椎名の頭の中は、「レイプ」の一語が激しい怒りと一緒に高速で回転して発火しそうだった。

だが怒りの矛先《ほこさき》を向けようがないのだ。今日子をレイプした教授はすでにこの世にいないというのだった。

今日子が話し終わったあと、ふたりは黙り込み、椎名だけが水割りを呷ってい
た。そのとき今日子がアイスペールを手にして立ち上がった。

オープンキッチンに向かっていく今日子の後ろ姿を眼で追っていた椎名も立ち上がった。今日子は冷蔵庫を開けようとしていた。椎名は黙っていきなり今日子を後ろから抱きしめた。

「アッ、だめッ、どうしたの?!」

「今日子がほしい!じゃないと怒りで気が狂いそうだ」

椎名が気負い込んでいうと、身悶えていた今日子が動きを止めた。

「ここじゃいや」

ひどく落ち着いた声でいうと、椎名のほうに向き直った。椎名を真っ直ぐ見据えて手を取り、「きて」といった。燃えるようなその眼に圧倒されて、椎名はついていった。

そこは寝室だった。こうなることを予感していたかのようにムードのある淡い照明の中にダブルベッドが浮かび上がっていた。

ふたりはどちらからともなく抱き合うと唇を合わせた。今日子の唇を感じたとたん、椎名はいいようのない激情が込み上げてきた。今日子も同じだったらしく、すぐさま貪り合うような濃厚なキスになった。

「今日子のすべてが見たい。見せてくれ」

　椎名が待ちきれずにいうと、昂ぶってますます色っぽくなっている顔にふっと、今日子は笑みを浮かべた。

「初めてのときも、雅人はそういったわ」

「そうか。よく憶えてるな」

　椎名が苦笑すると、恥ずかしいわ、とつぶやくようにいいながら今日子はニットの上を脱いでいく。

　それを見ながら椎名も手早く着ているものを脱いでいった。

　椎名が前が露骨に盛り上がったボクサーパンツだけになったとき、自分で真紅のブラを取って同じ色のショーツだけになった今日子がベッドに上がった。

　つづいて椎名も上がると、今日子を仰向けに寝かせた。

　あれから四十年も経た今日子の裸身は、まさに熟しきった感じだ。それでいて、今日子のそむけた顔に浮かんでいるときめきの色が、躯の中からもにじみ出ているかのようにきれいで、なにより色っぽい。

そのとき、椎名の脳裏で今日子の顔と芙紗子の顔が重なった。それを振り払って椎名は今日子のショーツを毟《むし》り取るようにして脱がすと、勢いをやや失った感じの陰毛を手でかきあげて肉びらを分けた。

露呈したピンク色の粘膜はすでに濡れ光っていた。そこに椎名はしゃぶりついた。同時に今日子が感じ入ったような声を放ってのけぞった。

爛熟した情事

1

それぞれグラスを手にすると、顔を見合わせた。

麻衣子《まいこ》が笑みを浮かべる。いつものことながら、その笑みにも、いくぶん潤んだような眼にも、早くも性的な色が現れている。

吉永《よしなが》も笑みを返し、そのままグラスを合わせた。

冷えたビールが喉《のど》を通過する。後頭部に金属的な感覚が走る。同時にギラついた陽差しが脳裏をよぎった。

今日ホテルにくる途中、照りつける真夏の陽差しを見てふと、ちょうど一年か、という感慨をおぼえたせいかもしれない。

麻衣子と初めて関係を持ったときも、今日のような夏の昼下がりだった。

「もう一年になるんだな」

吉永がいうと、麻衣子が、え？　という顔をした。が、すぐに、ああ、という表情で、「そうね」と応えた。そしてビールを飲み、吉永のようすを窺うように見る。

「一年経って、わたしのこと、もう飽きちゃいました？」

「なんでそんなことを訊くんだ？」

「だって、この一年でわたし、すごく変わっちゃったでしょ」

思わせぶりな表情で訊き返す。

「ああ、確かに変わった。一言でいえば、淫乱になった」

吉永はわざと真顔でいった。

「そこまでいうなら、だれのせいかってこともいっていただきたいわ」

麻衣子が色っぽく睨んでいう。

「わたしが変わったの、だれかさんから洗脳されたせいですからね。それもベッドの中で『ほらもっと淫乱になれ、いやらしくなれ』っていわれつづけた……」

「洗脳か」

吉永は笑った。

「そうだとしても、それは麻衣子に充分淫乱の素質があったということだよ。それは認めるだろ？」

「あまり認めたくはないけど、そうかも……」

麻衣子は苦笑を浮かべていった。

「それで俺が飽きたんじゃないかって？」

「男の人って、そういうところあるでしょ。自分のせいとか関係なく……」

「確かに。でもいまの俺にかぎっていえば、そんなことはまったくない」

いうと吉永はテーブル越しに麻衣子の手を取った。そのまま立つようにうながして、テーブルをまわって前にこさせた。

四十八歳の人妻はこの日、白地に観葉植物がプリントされたドレスを着ていた。大胆な胸元の開きやボディラインが出るデザインがセクシーで、なおかつ華やかさと上品さも併せ持った、まさに大人の女に似つかわしいドレスだ。なによりそのドレスは年齢以上に若々しいプロポーションを保っている麻衣子によく似合っていて、彼女の魅力を引き立てている。

この日逢うなり吉永がドレスを褒めると、麻衣子曰《いわ》く、ラップドレスといって、そのプリントは今年流行りのボタニカル柄というらしい。

吉永は両手でドレス越しにウエストから腰の悩ましい線を撫でながらいった。

「飽きるどころか、この歳になってこんな美魔女の人妻と楽しめるんだから、しかもこの色っぽく熟れきった軀と濃厚なセックスを味わえるんだから、夢みたいだよ。リタイアしたあとで思いがけないご褒美をもらったような気持ちさ」

「褒められてるのかどうだかわからない」

麻衣子が身をくねらせて笑いながらいう。

「もちろん、褒めてるんだ」

吉永はドレスの裾から両手を入れ、ストッキングに包まれた太腿を撫で上げていく。

麻衣子が腿をすり合わせる。

吉永は片方の手を麻衣子の股間に差し入れた。内腿が手を締めつける。が、すぐにふっと締めつけを解く。

下着越しにふっくらとした秘めやかな肉を掌《てのひら》にとらえ、柔らかく揉む。内腿がピクピク痙攣する。

麻衣子の表情がみるみる色めいてくる。

秘めやかな肉に潜んでいる割れ目に指の腹を当て、こすった。

麻衣子が悩ましい表情を浮かべて腰をもじつかせる。下着越しにでも、生温かい湿り気のようなものが指に感じられる。

そこがどういう状態になっているか、吉永にはこの日麻衣子と逢ったときから想像がついていた。

これまで逢うたびに決まって、熟女の軀はホテルにくるまでに下着が濡れるほど蜜をあふれさせているのだった。

この一年、ふたりは関係を持ってからの二カ月ほどは毎週のようにホテルで逢っていた。そしてその後は月に二回程度、つまり二週間に一回と決めて逢うようになった。

密会の頻度を減らしたのは、麻衣子には夫がいるのを考えてのことだった。ところがそれはふたりにとって悪いことではなかった。それどころかいい結果をもたらした。というのも逢いたくても逢えないのを耐えているうちに欲望が募り、そのぶんセックスがより濃密になったからだ。

そもそもふたりの関係は、大手商社の上司と部下だった。

麻衣子は受付嬢をしていた。そのうち結婚し、それからも勤めていたが子供ができたのを機に退職して家庭に入った。

吉永のほうは去年の春、定年退職した。そして毎日が日曜日という生活にまだ馴染めないでいるとき、思いがけず麻衣子から電話がかかってきたのだ。声を聴くのは、彼女が三十半ばで退職して以来だから十数年ぶりだった。

吉永の退職と一年あまり前に妻を亡くしたことを、たまたま噂で聞いて電話してきたらしい。麻衣子はお悔やみの言葉のあと、一度会いたいと懐かしそうにいった。

吉永も懐かしさが込み上げていた。長い年月を飛び越えて受付嬢の制服姿の麻衣子が脳裏に浮かび、珍しく胸がときめいていた。そんなときめきは久しくなかった。

麻衣子が部下だったとき、吉永は彼女に好感を持っていた。彼女からも悪い印象は持たれていないだろうと感じていた。

といってもそれだけのことだった。堅物とはいえない吉永だが、逆にだからこそ、あえて社内不倫の危険を冒そうとは思わなかった。

ただ、電話のあと吉永は思った。十数年という歳月が経って、たとえ懐かしくなったにしても元部下が、それも人妻が、六十をすぎた元上司に会いたがるだろうか。なにか用があるなら、電話で話せばすむことではないか。それともそれではすまない特別な訳でもあるのか。

その訳がわかったのは、麻衣子と二度目に会ったときだった。

一度目は飲食しながら、昔のことやそれからのことなどを話しただけで、用件については吉永も訊かなかったし麻衣子も口にしなかった。

麻衣子の結婚式には吉永も出席したので、そのとき夫の浦田《うらた》に会っていた。浦田は大手銀行に勤めているということだったが、吉永が浦田に会ったのはそのときだけだった。

麻衣子が仕事をやめるきっかけになった子供は、すでに中学生になっているらしい。子供はその中学生の娘が一人で、とっくに子育てから解放された麻衣子は専業主婦の傍《かたわ》らいろいろな趣味を楽しんでいるようだった。ただ、「でもみんな退屈しのぎなんです」と自嘲していた。

吉永のほうは子供が二人いるが、長女はすでに結婚し、長男はまだ独身だが家を出ていた。そのため妻を亡くしてからは独り暮らしで、日常生活での不自由さはあるものの、勝手気ままに過ごしていた。

もっともリタイアしてからは、それまでとは微妙にちがってきた。なにかしていてもふと、あまり意味がないことに思えてきて、虚無感《きよむかん》に襲われるようになったのだ。

麻衣子が「退屈しのぎ」といったのを聞いて、吉永がそのことを話すと、そのとき一番話が盛り上がった。一気におたがいの気持ちが通じ合ったような感じだった。

それで麻衣子は決心がついたのかもしれない。別れ際、こんど聞いてもらいたいことがあるので、もう一度逢ってくださいといった。

翌日、つぎの予定を麻衣子が電話してきた。吉永は驚いた。待ち合わせの場所を、ホテルの部屋に指定してきたのだ。

当日、吉永が約束の午後の時刻ちょうどに部屋にいくと、麻衣子が緊張した表情で迎え入れた。しかもツインルームのベッドのそばまでいったとき突然、吉永に抱きついてきて、思いがけないことをいったのだ。

「わたしを抱いてください！」

「なにがあったんだ？」

吉永は驚いて訊いた。

「夫が不倫してるんです」

麻衣子が抱きついたままいった。

「不倫？　確かなのか」

麻衣子の夫の浦田は不倫するようなタイプには見えなかった。もっとも吉永が知っている浦田はふた昔ほども前の彼だ。それからのことはわからない。

「本当です、調べましたから」

麻衣子がいった。

「相手は？」

「……銀行の部下です」

「ほう。あの浦田くんがねえ。不倫にも驚いたけど、行内不倫とはまたずいぶん大胆なことをしたもんだな」

「わたし許せないんです。だから……」

「腹いせに自分も不倫する。それで俺に抱いてほしいってことか」

吉永の肩に顔をもたせかせている麻衣子がうなずいた。

「わたし、吉永さんのこと、好きだったんです。わたしなんか、いやですか」

吉永は血が騒いだ。

「俺も麻衣子のことは好きだったよ」

いうと麻衣子を押しやって顔を見た。彼女はうつむいた。強張った顔に恥ずかしそうな色を浮かべている。

「でも浦田くんほど勇気がなかったから、社内不倫はできなかった。それよりもし俺が口説いてたら、麻衣子はどうしてた？」

「……たぶん、いざとなったら、逃げちゃってたかもしれません」

麻衣子はうつむいたまま、ちょっと考えるようすを見せてから、かすかに苦笑いしていった。

「逃げた？　俺のこと好いてくれてたんじゃないのか」

「そういうことじゃなくて、あの頃の吉永さん、女子社員の間で噂されてたんですよ。けっこう女性と遊んでる人だって。知りませんでした？」

吉永は啞然とした。そんな噂は初耳だった。

「けっこう遊んでるとは、参ったな」

苦笑するほかなかった。

「つまり、白い目で見られてたってわけだ。だったら、麻衣子だって俺のことを軽蔑《けいべつ》していただろう」

「吉永さんならご存じでしょ、女って矛盾したところがあるのを。危ない、怖いって思っても、なぜかそこに惹《ひ》かれちゃうみたいなところ。でもあの頃のわたしは、そんな勇気なかったんです」

麻衣子が吉永の胸のあたりを見つめていった。思い詰めたような表情をしていた。でもいまはありますといっているかのような——。

吉永はそっと麻衣子の顔を両手で挟んで起こした。

麻衣子はされるままになって眼をつむった。睫毛《まつげ》がかすかにふるえ、硬い表情が息を呑むほど凄艶に見えた。

ところがそのときになって吉永は不意に動揺した。妻が亡くなる前二年ほどと亡くなってからの一年、都合三年あまり女に接していなかったからだ。

それまではそれなりに遊んでいたが、妻がガンを発症したときから罪滅ぼしの気持ちで女関係を断った。それがそのままつづいていた。

動揺は、果たして自分の男としての機能は大丈夫なのか、という不安からきたものだった。

だが動揺したのは一瞬だった。久々に女を抱く興奮を抑えられなかった。麻衣子を抱き寄せると、そっと唇を奪った。

麻衣子は最初、舌をからめていく吉永にためらいがちに応じていた。だがキスをつづけながら吉永が麻衣子の背中にまわしている手をヒップに這わせて重たげに張っているまるみを撫でまわすと、軀をくねらせてせつなげな鼻声を洩らし、それで堰《せき》が切れたように熱っぽく舌をからめ返してきた。

2

「初めの頃に比べて、こういうときの腰つきもすっかりいやらしくなったな」

下着越しに指でクレバスをこすりながら、吉永はいった。

その指に合わせて腰を小刻みに前後に律動させながら、麻衣子が吉永を見る。恨めしそうな艶めかしい眼つきだ。表情もはっきり昂ぶってきている。

吉永は立ち上がった。麻衣子を抱き寄せると唇を重ねた。すぐにたがいに舌をからめて貪《むさぼ》り合うような濃厚なキスになった。

六十三歳という年齢にしては精力的なほうだろう吉永の分身は、すでに強張ってきている。

濃厚なキスをつづけながら、強張りを麻衣子の下腹部に押しつけると同時にヒップにまわした両手でむっちりとしたまるみを撫でまわす。

麻衣子が甘い鼻声を洩らして下腹部を強張りにすりつけてくる。

「彼は相変わらずか」

吉永は訊いた。彼というのはもちろん、麻衣子の夫の浦田のことだ。

麻衣子が息を乱しながら、うなずく。

初めて関係を持ったあと麻衣子から聞いた話では、夫の不倫を知ってからセックスレスの状態がつづいているということだった。

麻衣子が夫の不倫を知ったきっかけは、夫のセックスの異変だった。頻度が極端に減って、しかも行為がおざなりになり、まるで義務を果たしているだけという感じになった。

それでおかしいと思い、興信所に調査してもらったところ、女の存在が発覚した。

その直後、久しぶりに夫に求められて麻衣子は拒んだ。すると夫はそれをいいことのように、それからは麻衣子をまったく求めなくなった。

夫の不倫のことを、麻衣子は夫にいわなかった。吉永がなぜいわなかったのか訊くと、迷ってはいたらしい。麻衣子と浦田は性格的に生真面目なところが似通っていて、不倫のことを持ち出したらその時点でおたがい引っ込みがつかなくなり、離婚が目に見えていたから、という理由で。

セックスと女のこと以外では、浦田は麻衣子に対してやさしく、家にいるかぎり夫としても父親としても特に問題はない。子供のことを考えると、できれば離婚は避けたい。それで迷っていた麻衣子だが、不倫だけはどうしても許せなかった。

ちょうどそんなときだったらしい。吉永の噂を耳にしたのが。

麻衣子から夫の話を聞いたとき、吉永は浦田の不倫には驚いたが、麻衣子とセックスレスになったことについてはいかにも遊び慣れていなそうな彼らしいと思った。

浮気をしている男が真っ先に注意しなければいけないのは、妻に異変を感じ取られないことだ。しかも男が充分注意しているつもりでも、とりわけそういう面での直感力にすぐれている女には敵わないことは往々にしてある。それがわかっていれば、セックスレスはいけない。妻に浮気を疑われても仕方ない。浦田がそんなことも考えず、ただ妻にやさしくしてさえいれば問題ないと思っているとしたら、まったく抜けている。

そう思ったものの、吉永は麻衣子に向かってそんなことはいわなかった。〝美魔女〟の人妻と情事を楽しめているのは、そんな浦田のおかげなのだから。

「彼にはずっとこのままでいてもらいたいもんだな」

そう軽口を叩きながら吉永は麻衣子の後ろにまわって抱いた。

「だけど、俺とも二週間に一回程度だと、この熟れきった軀は物足りないんじゃないか」

ドレスの上からバストと太腿を撫でながら訊く。

「うふん……」

どこかすねたようにも聞こえる甘い声を洩らしただけで、麻衣子は答えない。というより『これが答えよ』というように身をくねらせ、むっちりしたヒップを吉永の強張りにこすりつけてくる。

吉永は大きく開いたドレスの胸元から手を差し入れた。そのままブラの中に入れて、乳房を揉む。

麻衣子が喘ぐ。大きくはないがそのぶん四十八歳とは思えない形のいい乳房が、わずかに汗ばんでいる。室内はクーラーがよく効いているので、性感の高まりによる火照りのせいだろう。乳首がコリッとしこって突き出ているのがわかる。

乳房を揉みながら、いい匂いのするセミロングの髪を顔で分けて首筋に口をつけた。ビクッと麻衣子の軀が弾んだ。

吉永は首筋に唇を這わせながら、一方の手でドレスの裾をめくり、下着越しに腰や下腹部を撫でまわす。

麻衣子の息遣い、喘ぎ、悶えが徐々に熱をおびてくる。それにつれて吉永の強張りをくすぐっているヒップの動きも、さらにたまらなそうにいやらしくなっている。

パンストの上端から手を差し入れ、そのままショーツの中に入れた。しっとりとした中にかすかにザラつきが感じられるヘア——その下に手を差し向けると、溶けたバターにまみれたような粘膜が指に触れた。

「いつものことだけど、はしたない奥さんだ。いやらしく濡れてるぞ」

クレバスに当てた中指でそこをこすりながら、吉永はわざと辱《はずかし》めるようなことを人妻の耳元で囁く。

「アアッ、いやッ」

麻衣子がのけぞって、ふるえをおびた小声を洩らす。いやがっているわけではない。昂ぶりが感じられる声だ。

吉永はドレスと共布《ともぬの》のベルトを解いた。胸元が大きく開いているので、脱がすのに手間はかからない。肩からずらしてそのまま下ろしていくと、官能的にひろがった腰にひっかかった。

上半身はピンク色のブラだけ。腰からドレスを下ろすと、ブラと同じ色のTバックショーツをつけたヒップが現れた。肌色のパンストの下に透けた、張りのある尻のまるみが、吉永の股間を甘くうずかせる。

密会を重ねるにつれて、麻衣子は煽情的な下着をつけるようになった。今日のようなTバックやシースルー、さらにときにはガーターベルトをつけることもある。それに色やデザインもいろいろで、吉永の眼を楽しませてくれるのだった。

それだけでなく、麻衣子自身そういう下着をつけることを、そしてそれを見られることを、刺戟として楽しんでいるふしもあった。

吉永はパンストを脱がした。ついで麻衣子を向き直らせた。

ブラもショーツも総レースで、レースを通して乳首やヘアがわずかに見えている。

「いいね。セクシーな下着で、熟れきった軀がよけいに色っぽいよ」

その姿を吉永が舐めるように見ながらいうと、麻衣子も満更でもないようすを見せてベッドに上がる。そして仰向けに寝ると、片方の膝を立ててわずかに内側に傾けた。そのまま、それを見ながら服を脱いでいる吉永を、誘うような艶めかしい笑みを浮かべて見返している。

トランクスだけになった吉永は、笑みを返してベッドに上がりながら思った。

彼女がこんな仕種や表情を見せるようになったのは、何度寝てからだろう。少なくとも初めのうちしばらくはなかった……。

3

吉永は麻衣子の横に寝て彼女を抱いた。キスしながら、背中、腰、尻、太腿……と、全身を愛撫していく。

麻衣子は色白できれいな肌をしている。張りがあるとまではいえないがキメが細やかなところに脂が乗った感じで、見た目はミルクでコーティングしたような艶めかしさが、そして手触り肌触りはぞくぞくするほど気持ちのいい滑らかさがある。

それになにより魅力的なのは、吉永がいま愛撫している熟れきった軀だ。プロポーションもそれなりにいい。というのも多少余分な肉がついているが全体的に見ると均整が取れているからだ。

そこに女体の爛熟《らんじゅく》があって、その色白の艶めかしい肌をした軀はむせ返るような色香をたたえている。

そんな麻衣子の軀に、吉永は最初から魅了されていた。だからそうやって全身

を愛撫することは　麻衣子を感じさせていくためだけではなく、吉永の楽しみでもあり快感でもある。

吉永の場合、セックスはたっぷり時間をかけて楽しむ。前戯も挿入してからの行為も長い。それもまずは女を感じさせて歓《よろこ》ばせること。吉永はそれを見て楽しみ、快感を味わう。

若いときからそうだったわけではない。意識してそれを心がけるようになったのは、四十になった頃からだった。

愛撫の途中でブラを外し、麻衣子を仰向けにした。小振りだが感じやすい乳房の膨らみがひろがって、盛り上がりはほとんどない。その真ん中に赤褐色の乳首が突き出している。

片方の膨らみを手で揉みながら、一方の乳首に舌を這わせた。

麻衣子が昂ぶった喘ぎ声を洩らしてのけぞる。吉永が全身を愛撫しながら、手のほかに口唇や脚を使って過敏な耳や滑らかな内腿、それにショーツ越しにも熱気が感じられる股間を刺戟していたので、麻衣子の性感も興奮もすでに相当高まっているはずだった。

吉永が乳首を舌で舐めまわしたり口に含んで吸ったりしていると、麻衣子はときにそれだけで達することがある。

初めて寝たときもそうだった。もともと感じやすい軀で、だからこそ満たされなければ不満が溜まりやすいといえる。

いまもたまらないほど感じているらしい。繰り返し狂おしそうにのけぞって泣くような喘ぎ声を洩らしながら、快感が下半身に――というより子宮に及んでいるのか、吉永が割り込ませている脚を太腿で締めつけて腰をうねらせている。そうやって吉永の脚に股間をこすりつけ刺戟しているのだ。

吉永は麻衣子をうつ伏せにした。ピンク色のTバックショーツをつけている、こんもりと盛り上がったヒップが煽情的だ。

手できれいな背筋をなぞって、尻のまるみを撫でる。

麻衣子が甘ったるいような喘ぎ声を洩らして身悶える。

むっちりした肉感が、吉永の欲情をくすぐる。

「いい尻だ。色気たっぷりで、しかもいやらしい」

いうなり尻の肉を甘嚙みした。

アッ、と麻衣子が驚いたような声を発して軀を硬直させる。

吉永がつづけて二度三度と甘嚙みすると、そのたびに昂ぶった喘ぎ声を洩らして軀をヒクつかせる。明らかに快感に襲われている反応だ。

吉永は尻のまるみから内腿に手を差し入れた。

ほかのどこよりも滑らかな内腿をなぞる。が、鼠蹊部《そけいぶ》までで、秘苑には触れない。

「うう〜ん、ああッ……」

麻衣子が焦れったそうに悶える。

「おお、いい眺めが丸見えだ」

焦れったくて無意識に腿を開いたか、Tバックショーツの紐が肉びらの間に食い込んだ股間が露呈している。

「いやッ」と、麻衣子が腿を合わせた。恥ずかしそうというより艶めいた響きが声にある。

吉永は麻衣子を仰向けにもどした。

麻衣子は昂ぶった表情で息を弾ませている。吉永はかるくキスして麻衣子の下半身に移動した。

優美な腰のひろがりと、きれいな脚のほどよく肉がついた太腿が、なんとも官能的で、まさに熟れた女体ならではの艶がにじみ出ている。

吉永は脚を開かせると間に軀を入れた。

麻衣子は顔をそむけている。胸の上で腕を交差し、昂ぶりとときめきが入り混じったような表情を浮かべて。

ピンク色の逆三角形の総レースがぎりぎり恥丘を覆って、その裾が割れ目に食い込み、両側にわずかにヘアが生えた肉が盛り上がっている。

吉永は魅惑的な太腿を両手で撫でた。膝から鼠蹊部の間を繰り返しさすり、ときに指先で掻くようにする。

それに合わせて麻衣子が膝を交互に立てたり伸ばしたりしながら悶える。吉永の軀があるので脚を閉じるわけにはいかない。

それまでの愛撫で性感が高まっているせいだろう。ますます感じてたまらなそうになってきた。それももどかしそうにしている。吉永の手が肝心の秘苑に触れそうで触れないからだ。

おまけに悶えているうちに麻衣子の股間は卑猥な眺めを呈していた。ショーツがずれて紐が食い込んだ割れ目が露出している。

「ほら、いやらしい状態になってるぞ」

吉永は指先で肉びらをなぞった。

「ああんいや」

麻衣子が焦れったそうに腰を上下させる。

「触っちゃいけないのか」

指で肉びらをかまいながら訊く吉永に、ぎこちない笑みを浮かべてかぶりを振る。そして、恨めしそうな色っぽい眼つきで吉永を見ると、

「焦らしちゃいや」

甘えた口調でいう。

吉永がこうして焦らすのは、セックスプレイの一つとしていつものことで、麻衣子もそれがわかっていて、刺戟的な行為として楽しんでいるのだ。

「触ってほしいってことだな」

吉永が麻衣子の顔を覗き込むようにして訊くと、恥ずかしそうに顔をそむけてうなずく。そのようすとはちがって、興奮とときめきが交錯したような艶めかしい表情をしている。

吉永はショーツを脱がせた。ついで麻衣子の脚を開くと、両手を肉びらの両側に当てて押し開いた。

「いや」

麻衣子がふるえ声を洩らして両手で顔を覆った。

こういうとき、あるときまではあわてて手で股間を隠していたが、情事を重ねるにつれて吉永のやり方に慣れてきたようで、それに麻衣子自身積極的に楽しもうという気持ちが出てきたらしく、隠すことはしなくなった。

もっとも吉永がそう仕向けたわけで、それが麻衣子のいう「洗脳されて淫乱になった」ということだった。

あらわになっている秘苑は、陰毛が濃いめで、ほぼ逆三角形の状態に整然とやや上向きに生えている。毛の縮れ具合がいくぶん強く、それも含めた陰毛のようすから麻衣子には似つかわしくない猛々しさのようなものを感じられて、それが吉永の欲情をそそる。

陰毛の下の肉びらには、そんな猛々しさのようなものはない。形は比較的整っていて、色もほとんどくすみがなく、年齢を感じさせないきれいな状態だ。

その肉びらがぱっくりと開き、蜜にまみれて光っているピンク色の粘膜があからさまになっている。

吉永の視線を感じてだろう、膣口が繰り返し収縮している。それに刺戟を感じて息苦しくなったか、麻衣子の胸が大きく上下している。

「どこを触ってほしいんだ？」

吉永は両手の人差し指で左右の肉びらをなぞりながら訊いた。

「ああ、そこ」

麻衣子が腰をもじつかせながらうわずった声で答える。両手で顔を覆ったままだ。

「このビラビラだけでいいのか」

「いや、もっと……」

「もっとなに？」

「クリトリス……」

吉永はピンク色の肉芽を指先にとらえ、そっとこねた。麻衣子がヒクッと腰を弾ませ、顔から手を離して喘いだ。

クリトリスは弄《いじ》られるのを待ち焦がれていたかのように膨れて勃っていた。

それを吉永の指が撫でまわしはじめてすぐ、麻衣子は感じ入ったような喘ぎ声を洩らして狂おしそうなようすを見せる。

「こうやって弄られるより舐めてほしくなってるんじゃないか」

肉芽を弄る指の動きをわざと緩慢《かんまん》にして、麻衣子がもどかしそうな腰つきになったのを見ながら、吉永は訊いた。

「ああん、お口でしてッ、舐めてッ」

麻衣子が身悶えて求める。プレイの流れといっても、もう余裕のない、欲情しきった凄艶な表情をしている。

吉永は秘苑に口をつけた。探り当てることもない肉芽の尖《とが》りを舌にとらえてこねた。

「アアッ、いいッ」

とたんに麻衣子が快感を訴え、泣き声の喘ぎを洩らしはじめた。

4

クンニリングスで麻衣子を絶頂に追い上げると、こんどは入れ替わりに吉永が仰向けに寝た。

つぎになにをするか、麻衣子はもうわかっている。興奮醒めやらない艶めかしい表情で吉永の腰の横に正座すると、真ん中が盛り上がっているトランクスに両手をかけてゆっくり下げていく。

トランクスを脱がすと、麻衣子は吉永の脚の間に移動した。

吉永のペニスは、さすがに勃ちの力強さという点で衰えは否めない。ただ、まだ持久力はあった。といっても加齢によって感覚が鈍くなったせいだから自慢にはならない。

吉永が見ていると、充分に役目を果たす程度には勃起しているペニスを、麻衣子が手にして口をつけた。

亀頭にねっとりと舌をからめる。さらに肉茎全体を、顔を右に左に傾けながら舌をじゃれつかせるようにしてなぞる。その間、手は陰嚢《いんのう》をくすぐっている。

ひとしきりそれをつづけてから肉茎を咥えると、顔を振って熱っぽくしごく。

そのうち口から肉茎を出すと、また舐めまわす。そのねっとりした舌遣いが貪《どん》婪《らん》な感じでいやらしい。

吉永と初めて関係を持ったとき、麻衣子のフェラチオはとても人妻とは思えなかった。もっとも人妻にもいろいろあるからそういう言い方は適切ではないかもしれないが、はっきりいえば上手ではなかった。

いまのフェラチオのテクニックは吉永が教えたものだが、教えることに手間暇はかからなかった。好きこそものの——の譬《たと》えどおり、麻衣子のおぼえがよかったからだ。

それに麻衣子はフェラチオしているうちに自身も興奮するタイプだった。そればかりか、そのうちペニスがほしくてたまらなくなる。

いまもそうなってきているらしい。夢中になってペニスをしゃぶりながら、ときおりせつなげな声を洩らして微妙に軀をくねらせている。

「もうそれがほしくてたまらないんじゃないか」

吉永が訊くと、肉棒を手にしてしごきながら、欲情が高まって強張った表情で訴えるように吉永を見て、うなずく。

「じゃあもっとたまらなくしてやろう」

吉永は笑っていうと、麻衣子にシックスナインの体勢を取るようううながした。

「あん、変になっちゃう……」

そういいながらも麻衣子は満更でもない笑みを浮かべて軀の向きを変え、吉永の顔をまたいだ。

吉永は真上にある肉びらを両手で分けた。肉芽をむき出すと、膨れあがっているそれを指でこねた。

麻衣子が泣くような喘ぎ声を洩らすと、手にしている肉棒に舌をからめてくる。吉永にかきたてられる快感に煽られるように舌をじゃれつかせていたが、たまらなそうな鼻声を洩らすと肉棒を咥えてしごく。

吉永はクリトリスと一緒に膣口も指でこねていた。

麻衣子が泣くような鼻声を洩らして腰をくねらせる。膣口がヒクついている。

肉棒を咥えていられなくなったか、手でしごきはじめた。

「ああ～ん、もうだめッ。おねがい、ちょうだいッ」

息を弾ませながらいう。

「なにがほしいんだ？」

吉永は嬲《なぶ》りながら訊く。

「ああッ、吉永さんの×××」

麻衣子が昂ぶった声で男性器の俗称を口にする。

これも吉永が仕向けたことで、情事のさなか麻衣子はいろいろと卑猥なことを口にするようになっていた。そうすることで興奮するところが彼女にはあった。

「俺の×××を、どうしてほしいんだ？」

「××××に入れてッ」

麻衣子がこれまた女性器の俗称を口にする。吉永には表情は見えないが、昂ぶった口調とたまらなそうな身悶えからして、発情したような凄艶な顔をしているはずだ。

「どんな顔をしてそんな卑猥なことをいっているのか、ほら見せてくれ」

いいながら吉永は麻衣子を向き直らせた。

「いやッ」

恥ずかしそうに笑って麻衣子が抱きついてきた。

「ね、わたしが上になっていい？」

吉永に重ねた軀をくねらせて訊く。

「ああ」

吉永が応えると、麻衣子は上体を起こした。嬉しそうな表情で吉永の腰にまたがると、怒張を手にして股間を覗き込み、亀頭を肉びらの間にこすりつける。ヌルッと亀頭が膣口に滑り込んだ。同時に麻衣子が喘ぎ、ゆっくり腰を落とす。それにつれて肉棒が蜜壷に侵入していく。

「アアッ――！」

腰を落としきると麻衣子は苦悶の表情を浮かべてのけぞり、感じ入った声を発した。

快感の波がひろがっていくにつれてそうなるように、その顔から苦悶が消えて昂ぶりの色に変わる。

吉永は両手を伸ばして乳房をとらえると、やわやわと揉んだ。

麻衣子が吉永の腕につかまって腰を振る。

「ああいいッ。こすれてるッ」

色っぽい腰をクイクイ律動させながら、ふるえ声でいう。

亀頭と子宮口がこすれ合っているのを感じながら吉永は、麻衣子の腰の動きを眼で楽しんでいた。下腹部のわずかなたるみが妙に色っぽく、律動する腰が快感に対する貪欲さを感じさせて、なんともいやらしく見える。それも爛熟した女体ならではの生々しさがあるからかもしれない。

麻衣子のほうは夢中になって腰を振り、快感を味わっている。

「入っているところを見せてくれ」

吉永がいうと、しゃがむ体勢を取って腰を上下させる。

それに合わせて肉棒が見え隠れし、蜜壺でくすぐりたてられる快感に吉永は襲われる。

麻衣子は巧みに、かつ貪欲に肉棒を味わっている。挿入を浅くしてペニスのエラで膣口付近を掻いたり、肉棒を深く迎え入れて膣全体をこすったりして。

そのとき「ああだめッ」と切迫した声でいうと、

「イッていい？」

と吉永に訊く。

「ああ、いいよ」

麻衣子は腰を落とした。そのまま、激しく振りたてる。

「だめッ、ああイクッ、イクイクッ——！」

喉に痞《つか》えたような声を発して昇り詰め、上体をぐらつかせる。

麻衣子の反応が収まるのを待って、吉永はいった。

「こんどは後ろ向きになって、いやらしいところをもっとよく見せてごらん」

興奮しきった表情の麻衣子は、吉永の指示を嬉しがっているようなようすを見せて、ペニスを収めたまま、体勢を保ちつつ半回転した。それで吉永のほうは膣でペニスがひねられるような感覚に見舞われた。

麻衣子は前屈みになると、腰をゆっくり上下させる。

淫猥な生々しい眺めが、まともに吉永の眼に入った。むちっとした逆ハート形のヒップの割れ目で肉びらが肉棒を咥え、腰の動きと一緒に上下している。

麻衣子が感泣するような声をきれぎれに洩らす。腰が律動しその声が切迫してきたかと思うと、すとんと腰を落とし、そのまま軀ごと揺する。

「ああこれ、奥当たってるッ、いいッ、気持ちいいッ」

感じ入った声で快感を訴える。

軀の向きが変われば、膣とペニスのこすれ合い方も変わる。それによって快感もちがう。

麻衣子はとくにこの体位での行為で強い快感をおぼえるらしい。いつか吉永にそういったことがある。

いまも一気に快感が高まって、絶頂寸前になっているようだ。尻朶をキュッと引き締め、同時に膣でペニスを締めつけて腰を遣《つか》っているため、そのぶん強い快感が得られているはずだった。

それは吉永にもいえることで、膣壁でペニスをしごきたてられるような気持ちよさに襲われていた。

「ああだめッ、イクッ、またイッちゃう！」

震え声でいうなり麻衣子が引き締めている尻朶をピクピク痙攣させる。さらに軀をヒクつかせる。

後ろからそのようすを見ていると、表情が見えないぶんむしろ軀に現れている絶頂感が生々しく感じられて、吉永も興奮させられる。

そこで吉永はいったん交接を解き、麻衣子を仰向けに寝かせた。

麻衣子は昂ぶった、艶めかしい表情で息を弾ませている。たてつづけに達した余韻《よいん》に襲われているらしく、脚をすり合わせてまだ軀をヒクつかせている。

吉永はその脚をひろげて腰を入れると、怒張を手にして亀頭で肉びらの間をなぞった。

麻衣子が悩ましい表情を浮かべて喘ぎ、腰をうねらせる。吉永が亀頭でクレバスをこすりつづけて濡れた音を響かせていると、

「アアンだめッ、入れてッ」

腰を揺すって求める。

吉永は挿入した。緩やかに腰を遣った。例えようのない甘美な蜜壺を味わいながら、いった。

「浦田くんと麻衣子のことで思ってたことがあるんだ」

唐突だったせいか、麻衣子が『え⁈』というような表情を見せた。

「浦田くんだけど、同じ男として浮気はともかく、こんなに魅力的な妻を求めないなんて、どうも彼の気持ちがわからない。ただ、彼だってそのうち妻の魅力を

見直して求めてくるかもしれない。もしそうなったとき、麻衣子はどうする？　また拒むか」

「どうして、そんなこと訊くの？」

麻衣子が吉永の動きに合わせて腰を微妙にうねらせながら、戸惑ったようすで訊き返す。

「この一年で、麻衣子は変わってきたからね。あのときは夫の不倫でアタマにきていたし、少なからず欲求不満も抱えていた。ところがいまの麻衣子は俺と寝ているうちに、セックスが変わってきた。だからもしいま彼に求められたら、拒めるかどうかわからないんじゃないか。嫉妬心でそう思ったんだよ」

最後は苦笑して吉永はいった。

「そんなこと、ありえないわ」

麻衣子が妙にはっきりした口調でいった。それも硬い表情で顔をそむけて。

「ありえない？」

吉永が訊くと、

「ごめんなさい、ずっとホントのことといおういおうって思ってたんだけどいえなくて。わたし、吉永さんに嘘をついてたんです」

麻衣子が苦しげに思いがけないことをいう。

「ウソ？」

「ホントは、夫は不倫なんてしてないんです。ただセックスレスというだけで。だけどわたし、吉永さんに、だから抱いてください、欲求不満だから抱いてくださいなんていえなくて、嘘をついてしまったんです」

吉永は唖然として、すぐにはいうべき言葉がなかった。

「悪いのは夫じゃなくて、わたしなんです。なので、もう吉永さんと逢ってはいけない、逢わないことにしようって、ずっと思ってたんです。だけどなかなか決心がつかなくて……」

「悪いのは麻衣子だけじゃないよ。彼だって夫の責任を果たしていないんだ」

「でも、じゃあわたし、どうしたらいいんですか」

「それは麻衣子自身が決めればいい。俺からどうしろとはいえない。ただ、いえるとしたらひとつだけある。麻衣子から仕掛けて夫をその気にさせること。いまの麻衣子なら、夫を誘ってその気にさせることができる可能性は大いにある。俺はそう思うよ」

いうと吉永は動きを止めていた腰を遣いはじめた。

「吉永さん、それでもいいの？」

麻衣子が眉根を寄せて喘ぐような表情で訊く。

「いいもわるいも、俺にはそれをとやかくいう資格なんて、もとよりないよ。それでもって本音をいえば、麻衣子が夫をその気にさせることができればいいと思う一方で、うまくいかないことを願ってもいる——なんて矛盾を抱えて悩んでる」

吉永が最後は苦笑いしていうと、

「うまくいかなかったら、わたし、どうしたらいいの？」

麻衣子が困惑したような表情で訊く。

「そのときはまた俺が慰《なぐさ》めてやるよ」

いって吉永は怒張の抽送を速めた。これが麻衣子との最後の情事になるかもしれないと思うと、分身がいつもより力強く勃起していた。

気のせいか、その勃起に麻衣子が過敏に反応しているように思える。よがり泣いている表情も声も、それに熟れきった色白な裸身のうねりも——。

●初出一覧

助手席の未亡人……「特選小説」2021年5月号（「怪しい情事」から改題）
劣情の夏……「特選小説」2019年9月号
キレる!……「特選小説」2005年4月号
変　身……「特選小説」2006年4月号
罪つくりな夏……「特選小説」2009年9月号
性春の光と影……「特選小説」2021年1月号
爛熟した情事……「特選小説」2014年8月号

○この作品はフィクションです。実際の個人、団体、事件などとは一切関係ありません。

双葉文庫

あ-57-11

助手席《じよしゆせき》の未亡人《みぼうじん》

2021年9月12日　第1刷発行

【著者】
雨宮慶《あまみやけい》

【発行者】
箕浦克史
【発行所】
株式会社双葉社
〒162-8540 東京都新宿区東五軒町3番28号
［電話］03-5261-4818(営業)　03-5261-4833(編集)
www.futabasha.co.jp(双葉社の書籍・コミックが買えます)
【印刷所】
中央精版印刷株式会社
【製本所】
中央精版印刷株式会社

【フォーマット・デザイン】
日下潤一

ISBN978-4-575-52503-8 C0193
Printed in Japan

雨宮慶《あまみや》　単身赴任　長編エロス

単身赴任中の江上達郎は、妻との遠距離恋愛のような性生活を送りつつ、赴任先に戻る途上で知り合った女性との逢瀬を楽しむようになる。

雨宮慶　未亡人ふたり　長編エロス

高校三年の友部僚太は、越してきたばかりの隣家の未亡人の寝室での肢体を目撃する。劣情を煽られる彼だが反対側の隣家もまた未亡人で。

雨宮慶　指の記憶　オリジナル　官能短編集

かつての教え子と思いがけず再会した女教師の妖しい淫欲を描く表題作をはじめ、七編の艶めく短編を収録した珠玉の傑作官能短編集。

雨宮慶　猥色《わいしょく》のラビリンス　長編エロス

大手商社に勤める吉野文彦は、向かいに住む人妻のセミヌードを覗き見る機会に恵まれる。だがそこには人妻の淫靡で密かな思惑があった。

雨宮慶　不倫　——罪の媚薬　オリジナル　官能短編集

妻の日記を盗み見た夫の、苦悩と予期せぬ効果を描いた「不倫日記」ほか、ふと陥ってしまう性愛の世界を描いたオリジナル官能短編集。

雨宮慶　夜顔　——インモラルな性戯　長編エロス

入浴を覗いたことをきっかけに憧れの叔母響子と禁断の関係を持ってしまった高校生の公太。深みに嵌まっていく二人を待つ結末とは。

雨宮慶　淫する　——人妻たちの性炎　オリジナル　官能短編集

代議士夫人に抱いた淫心、十九年前に一度だけ関係を持った画家と人妻の再会譚など、人妻たちの崩れていく心情を描いた短編七編を収録。

睦月影郎　淫源郷《いんげんきょう》の夜

書き下ろし長編
フェチック・エロス

サークルの後輩の美少女から相談を受け、彼女の実家を訪れることになった一彦。そこで彼は美少女と母親の妖しい秘密を知ることになる。

睦月影郎　キャンパスの聖女

書き下ろし長編
フェチック・エロス

三十五歳にしていまだ童貞の平川平太。冴えない大学講師の彼だが、一人の女学生とのセックスを機に、人の心が読めるようになり……。

睦月影郎　ツンデレ巨乳妻

オリジナル長編
フェチック・エロス

自分を苛めていた同級生に仕返しを——。宝くじを当てたことで生活が一変した入江史郎は、同級生の妻の肉体を、思う存分貪り尽くす。

草凪優　うぶ熟女

書き下ろし長編
性春エロス

愛妻を亡くして二十五年、五十路セカンド童貞の田中誠一郎は、両思いのうぶ熟女と結ばれるべく、セックス勘を取り戻そうと奮闘する。

草凪優　ツンデレ上司とおねだり兄嫁

書き下ろし長編
性春エロス

出張先のホテルで抱いてしまったことで美人上司と付き合うことになった二十九歳の貴明。だが彼には、兄嫁との間にある秘密があって。

桜井真琴　人妻温泉癒やしの宿

書き下ろし長編
柔肌エロス

訪れた温泉旅館でひょんな流れでマッサージ師として雇われることになった三輪宗介。下心たっぷりの施術で、美人妻たちを癒やしていく。

桜井真琴　地方の人妻がいやらしすぎて

書き下ろし長編
柔肌エロス

奸計に嵌まり地方の営業所に飛ばされてしまったエリート社員の遠野亮一は、地方の淫らな女性たちとの情事で身も心も癒やされていく。

桜井真琴　艶めき同窓会　書き下ろし長編　柔肌エロス

同窓会に参加した夜に当時好きだった美少女・吉永夏美と身を重ねた立花周平。その勢いのままに女教師や元の同級生を抱きまくるのだが。

桜井真琴　淫情アパート　書き下ろし長編　柔肌エロス

ニート暮らしに呆れた祖父に、所有するアパートの管理人を命じられた川崎涼太郎。美女揃いの住人を相手に、夢の管理人性活がはじまる。

橘真児　むらむらマンション　長編ステイホーム官能

独身童貞の五月友朗はマンションのゴミ捨て場でエプロン美女の弥生と出逢う。もっちりヒップの彼女は新しい管理人だった。傑作新装版。

橘真児　今夜は生でイッちゃって　長編温もりエロス

地方に左遷になったサラリーマンが、焼き鳥屋再興のため美人店員から人妻まで様々な美女相手に大奮闘。傑作エロスが装いも新たに登場！

乃坂希　バツイチ男が根活したら　書き下ろし長編　回春エロス

妻に捨てられEDになった真田辰雄は、悪友からマッチングアプリを紹介され、様々な女性たちとめくるめく回春法を試していく。

乃坂希　ときめき代行遊戯　書き下ろし長編　柔肌エロス

無職のヤリチン中年男と童貞大学生の心と身体が入れ替わった！　二人は互いに成りすまして甘やかな性春を謳歌することになるが……。

乃坂希　運命の女《ひと》はふしだら　書き下ろし長編　柔肌エロス

素人童貞の兎山草太郎は、やんごとなき事情から「運命の女」を探し始める。明日への扉を開けてくれる相性抜群のパートナーは、一体、誰？